जादू भरी लड़की
(कहानी-संग्रह)

[illegible] ਸਿੰਘ [illegible]

([illegible])

जादू भरी लड़की

किशोर चौधरी

ISBN: 978-93-84419-00-4

प्रकाशक :
हिंद युग्म
सी-31, सेक्टर-20, नोएडा (उ.प्र.)-201301
फ़ोन- +91-120-4374046

मुद्रक : मनीपाल टेक्नोलॉजीज लिमिटेड
आवरण : सविता जाखड़
कला-निर्देशन : विजेन्द्र एस विज

पहला संस्करण : फ़रवरी 2015
चौथा संस्करण : जनवरी 2025
मूल्य : ₹249

Jadu Bhari Ladki
A collection of short stories by *Kishore Choudhary*

Published By
Hind Yugm
C-31, Sector-20, Noida (UP)-201301
Phone- +91-120-4374046
Email- sampadak@hindyugm.com
Website- www.hindyugm.com

First Edition: Feb 2015
Fourth Edition: Jan 2025
Price: ₹249

ताऊजी भीखाराम जाखड़ के लिए

कहानी-क्रम

गुलजान,
देखो परिंदे!

हवेली के बंद दरवाज़े से चर्र की आवाज़ आई। बरसों से बंदी होने से दरवाज़ों के कब्ज़े ये भूल गए थे कि उनका काम बंदी होकर बैठे रहना नहीं वरन् खुलना और बंद होना आसान करना है। इस चर्र की आवाज़ के बाद दरवाज़े से पहले हल्की रोशनी की पतली फाँक झाँकी और उसके बाद एक कमसिन चेहरा दिखाई दिया। दो मासूम आँखें। बायाँ कंधा आहिस्ता से चौखट और दरवाज़े के पल्ले को छुए बिना तिरछा होकर बाहर की ओर आ गया। इसी बाहर आने के दौरान आँखों ने पहले क़रीब और फिर दूर तक का फेरा दिया।

दोपहर के दो बजना चाहते थे।

ऊपर के कमरे में लगी पेंडुलम वाली घड़ी नियमित अंतराल से घंटे बजाती थी। जब वह घड़ी आई थी तो अचानक बजने वाला घंटा सबका ध्यान खींचता था। कुछ महीनों बाद घड़ी, समय और उस घर में रहने वाले लोग आपस में घुल-मिल गए। घड़ी ज़हन में इस तरह शामिल हुई जैसे जेब में चीज़ें लगातार रखी रहें तो उनका वहाँ होना महसूस नहीं होता।

दरवाज़े से बाहर आती हुई गुलजान ने क़दमों को फूलों का पाठ पढ़ाया। बदन को बिल्ली का लचीलापन दिया। हौसले को चील के पंखों पर रखा। गुलजान ने हवेली और टेकरी पर खड़ी मीनार के बीच की ज़मीन को काटकर दूरी को छोटा कर लिया। ज़मीन का वह लंबा-सा टुकड़ा प्रेम की छोटी-सी कतरन में समा गया। हवेली के पास की टेकरी पर एक टूटी हुई अकेली मीनार थी।

नहीं खुलना, ओ मालिक नहीं खुलना। सबकी दोपहर की नींदें सलामत रखना।

टेकरी पर हवा ने अपना दुपट्टा दूर तक फैला रखा था। हवा आहिस्ता चलती हुई अपने दुपट्टे में कुछ नई सलवटें भर रही थी। हवा जब एक नई सलवट बनाती तो एक पुरानी सलवट मिट जाती। हवा के दुपट्टे के भीतर खड़ी हुई गुलजान आँख मूँदकर हवा की कोई किनारी पकड़ती। उसे तह करती। हवा रुकने लगती।

गुलजान की आँखों ने फिर से खोज की। रास्ते को दूर तक देखा। हल्की ढलान थी, मैदान में जाकर खो जाती थी। कुछ पत्थरों के बीच से दिखती हुई ज़मीन ही रास्ता थी।

उधर कुछ न था। नज़र गिरती तो लुढ़कती हुई धूसर सलेटी रंग के बीच जाकर खो जाती। जैसे कंचे खो जाते थे। वे वहीं आस-पास ही पड़े होते मगर रंगों के छलावे में ख़ुद को ऐसे छिपा लेते कि दिखाई नहीं देते।

उसकी निगाहें इंतज़ार में इस तरह तेज़ी से घूम रही थीं जैसे बचपन की कोई ताज़ा और छोटी याद।

जिस याद में रेत किसी जलपरी की शक्ल ओढ़कर अपनी एक टाँग पर

नाचती थी। धूप के बीच नाचता हुआ रेत का साया। आस-पास की हल्की चीज़ों को हवा में उठाए हुए। भारी चीज़ों के कान में फूँक मारता हुआ। उड़ा करो, तन से न सही, मन से उड़ा करो।

ऐसे साये कभी अचानक आते थे, जैसे कोई रूह आसमान से उतरी हो। रूह ने किया हो रेत का स्नान। कई बार कुछ छोटे साये, जैसे नई जन्मी हुई नन्ही रूहों की अठखेली। ऐसे छोटे वर्तुलों के बीच दफ़अतन गुलजान की साँस थम जाती थी। साइकिल पर सवार लड़का नीचे ढलान में गुज़र रहा होता। गुलजान ऊपर टेकरी पर सूनी पड़ी मीनार के भग्नावशेष की एक दीवार पर बैठी हुई सोचती, रूह बन जाए। चील के पंख ओढ़े और लड़के की साइकिल पर छाया कर दे। अपने पंखों की परछाईं से छाँव बुनकर साइकिल के साथ-साथ चले। लड़के को सोचते हुए वह अपने हाथों को देखती। उसके हाथों के नाज़ुक भूरे रोयें खड़े हो रहे होते। जैसे ज़मीन से कच्ची कोंपलें फूट रही हों। वह फिर नीचे देखती तब तक साइकिल पर सवार नादान लड़का खो चुका होता। गुलजान के भूरे रोयें फिर से गुलाबी रंग के होकर उसके हाथों के भीतर दुबक जाते।

उस लड़के का नाम दिबांग था। वह ढलान का पूरा चक्कर लगाकर ऊपर की ओर आता।

दिबांग थक जाता। उससे चढ़ाई नहीं चढ़ी जाती। वह आहिस्ता से आँख मूँदकर देखती। हाँ, वह आ रहा है। थका हुआ। झुका हुआ। कई बार रुककर उसी को देखता हुआ। वह एक ही तरफ़ से आता। उस तरफ़ जिधर गुलजान होती। धूप दिबांग में रंग भरती। पसीना उगाती। हवा धूप के उगाए इस नए रंग पर नाज़ुक अँगुली घुमाती। उसका पसीना सुखाती।

गुलजान साँस रोके बैठ जाती। जैसे आख़िरी घड़ी आई। जीना मुक्कमल हुआ। दिबांग उसके पास बैठा हुआ। उसके माथे पर किसी ने गुलाब जल छिड़का हो। अनेक बूँदें ललाट पर चमकती हुईं। बूँदें, दूसरी बूँदों से मिलकर भौहों के पास से गालों पर लुढ़कती हुई।

गुलजान दुनिया की सबसे छोटी मछली बन जाती। वह तुरंत एक नन्ही बूँद में कूद जाती। वहाँ से वह फिसलती हुई बहती। भौहों के श्याम रंग को चूमती, गाल पर गुदगुदी करती। आख़िर दिबांग अपना पसीना पोंछता। नन्ही मछली बनी हुई गुलजान उसकी हथेली में आ जाती। वह अपनी अँगुलियों से छिटक देता नन्ही बूँदें।

गुलजान घास पर से उठती और नन्ही मछली से फिर लड़की बन जाती। वह हँसने लगती। दिबांग देखता। किसलिए हँस रही है। वह फिर हँसती। उसे अच्छा लगता कि दिबांग को मालूम न चल सका कि वह थोड़ी देर पहले क्या थी।

वे धूप और हवा के हवाले रहते। सूख रहे दरख़्तों के तले छाँव नहीं होती।

गुलजान कहती- "आज तुम यहीं रहना मेरे पास, हिलना नहीं। आज मैं पता लगाऊँगी कि वह साइकिल सवार लड़का तुम ही हो या कोई और है। क्या तुम्हारे सिवा घाटी में से होकर और भी कोई लड़का इधर आता है?"

दिबांग कहता- "और कोई नहीं आता। क्या और किसी को तुम दिखती हो?"

"अच्छा, मैं नहीं दिखती मगर तुम ढलान के नीचे बड़े काले पत्थर की ओट से आकर आगे बूढ़े दरख़्त वाले मोड़ पर कहाँ खो जाते हो?"

"तुम्हारे पास आने को खो जाता हूँ।"

मीनार के भग्नावशेष सूने होते। कई दिनों से परिंदे ग़ायब। उन दोनों ने जाने कितने दिनों से परिंदों को देखा ही नहीं। जाने किस कारण सूनी टूटी मीनार के पास परिंदे नहीं आते थे।

दिबांग के आते ही हवा चुप हो जाती। गुलजान हवा के रंग पढ़ना और किनारी पकड़कर तह करना भूल जाती। हवा उन दोनों से रूठकर टूटी मीनार के आँगन में दुबक जाती। हवा चुप बैठी हुई, हल्की छाँव में ज़मीन पर लिखती- एक मिलता है तो दूजा खो जाता है।

साँवरे क्या मैं करूँ इनका

जो ये बाजे में तार हज़ार
नाम एक तेरा याद मुझको

गुलजान गा रही होती। दिबांग खोया हुआ सुन रहा होता। मन के काग़ज़ पर गीले रंगों से तस्वीर बनने लगती। हवा भी इस गीत से मुग्ध हो जाती। वह रूठना छोड़कर मीनार के बाहर बैठे हुए दिबांग और गुलजान तक आती। वह देखती कि लड़के के मन पर रंगों ने आकार लिया है। हवा उन रंगों को आहिस्ता से पंखा झलती। सूखें रंग जल्दी से। जल्दी-जल्दी ये लड़का रंगों से भर जाए। रंग इसमें अठखेलियाँ करें। रंग इससे छलक-छलक जाएँ। रंग उड़ें मेरे साथ। मैं चूनर बन जाऊँ गुलजान की। इन दोनों को ढँक लूँ।

हवा एक गहरी साँस भरती। ओ लड़कियो, तुम जब भी पसंद करती हो, किसी को कैसे इतना पसंद करती हो!

हवा इस ठहरे दृश्य को तोड़ देना चाहती। वह गा रही लड़की की कमर से कुर्ते को ज़रा-सा उड़ाती और घास बनकर गुदगुदी करती। गुलजान की आवाज़ की गिरह में एक हँसी का छींटा पड़ता। दिबांग मुस्कुरा उठता।

वह गुलजान की अँगुलियाँ अपनी हथेली में रखता। भूरी चिकनी हथेली में कुछ पंखुडियाँ गुलाब की। लज्जा से भीगी हुई। लरज़ से भरी हुई। इस कंपन में गाना कुछ टुकड़ों में बँटकर हवा में खो जाता। हवा उस गाने को बुगची में रखकर स्थिर हो जाती। लड़के के कंधे के पास कोई साया आता। उस साये की गंध, हवा के बिना फैलने लगती। लड़का आँखें मूँद लेता।

एक गहरी तपिश गर्दन के पास उतरती। पाँवों की पिंडलियों में कसमसाहट जागने लगती। भीगे होंठों में दबे हुए होंठ। तड़प और तड़प। बाँहों की कसमसाहट में बेक़ाबू साँस के बीच अचानक वे दोनों एक-दूजे के चेहरे को देखते। दिखती सिर्फ़ विस्मय से भरी हुई आँखें।

वे दोनों एक-दूजे के चेहरे को थामे हुए फिर से आँखें बंद कर लेते।

दो बुत बियाबान में। टूटी मीनार के अवशेषों की छाँव तले। टेकरी के ऊपर। हवेली से दूर। आग, पानी, मिट्‌टी, कुछ भी नहीं।

लड़की घर आकर छत पर टहलती। गली में कोई पदचाप सुनाई पड़ती। मोहब्बत, मोहब्बत, मोहब्बत। एक अनछुई गंध। किताबों से झाँकते हुए अक्षरों से। अतीत की स्याही से। कपड़ों में भरे हुए बियाबान से। टूटी दीवार के पास पड़े बड़े पत्थर से। बदन की छुअन, सिहरन, डर और साँसों के आलोड़न से।

खिड़की का पल्ला चुप बैठा हुआ। मन की असंख्य खिड़कियाँ प्रतीक्षा से भरी हुईं। दिबांग, दिबांग, ओ दिबांग। आओ, इन खिड़कियों से नहीं; सचमुच की खिड़की से आओ। इस पल्ले के झूले पर सवार होकर आओ। देखो, मन एक समंदर हुआ। भारीपन बढ़ता जा रहा है। ये ठहर एक दबिश है। इस दबिश में साँस ग़ायब हुई जा रही है। इसे तोड़ डालो दिबांग!

हर वक़्त, दिल बेताब, धड़कनें बेक़ाबू।

तुम कम हो। हर जगह कम हो। हर मिलन में कम हो। तुम हो ही नहीं, इतने कम हो।

चैन के दरख़्तों की शाखों से उड़े हुए सुकून के परिंदों का कोई निशाँ नहीं। दूर आसमान में एक हूक फैली हुई। कहीं किसी ख़ालीपन में गुम होती हुई। कहीं नहीं टकराती। ख़ाली आसमान और बे-आवाज़ हूक।

रात गुज़र जाती। सुबह के बाद ऊपर के कमरे की घड़ी का घंटा बजता। ठीक वही घंटा जिसका लड़की को इंतज़ार होता। लड़की उसी टेकरी की तरफ़ चल देती।

टेकरी पर पहुँचने के बाद कुछ ही देर में दिबांग उसे आता हुआ दिखाई देता। वैसे ही हाँफता मगर मुस्कुराता हुआ। दिबांग उसके पास आकर बैठता। हवा का करिश्मा शुरू होने से पहले गुलजान पूछती- "कल रात तुमने क्या किया?"

वह जवाब देता- "मैंने तुमको याद किया। तुमने क्या किया।"

"मैंने कुछ नहीं किया बस सो गई।" ऐसा कहकर गुलजान उससे पूछती- "एक बात सुनोगे।?"

वह कहता है– ''हाँ सुनूँगा।''

''मगर उसे सुनने के बाद तुमको एक सवाल का जवाब देना होगा। ये जवाब मेरे लिए ज़रूरी होगा।''

लड़का हामी भरता।

''अगर जवाब नहीं दिया तो तुमको पाप लगेगा।''

''मैं जवाब दूँगा।''

''मैं ये बात जीवन में किसी से एक ही बार कहूँगी। तुम्हें पक्का जवाब देना होगा वर्ना मेरी बात को मेरे साथ ही दफ़न होना पड़ेगा।''

दिबांग प्यार से उसके हाथ को थाम लेता। दो बार सिर हिलाकर हामी भरता।

गुलजान उसे बात बताती।

दूर पुरानी बस्ती का एक लड़का था। वह रोज़ घर से भाग जाता था। एक दिन जब वह घर पहुँचा तो उसके बड़े भाई ने पूछा– ''क्यों रे, क्यों इतना उदास हाल। बोल तो। कहाँ लुट गया। किधर चोट लगी?''

लड़का कहता– ''मैं इसलिए उदास हूँ कि वह तकिये पर आँसुओं से इबारतें क्यों लिखती है। उसके आँसू बे-आवाज़ क्यों बहते हैं?''

लड़के का गला पकड़े हुए उसका बड़ा भाई दोनों हाथों से कॉलर खींचता है– ''कहाँ जाता है तू आजकल। क्या कुम्हारों के श्मशान गया था?''

लड़का मुस्कुराता। उसकी हँसी में केसरिया रंग घुलता जाता। लड़के के कॉलर फंदा बनकर उसका गला कसते जाते। भाई पूछता– ''बोल किसी से वादा किया है वहाँ? कोई आवाज़ सुनी और हाँ भरी तूने?'' कॉलर की गाँठ से घुटन बढ़ी और लड़के की आँखें फैलने लगीं। एक बड़ी हाँफ हुई। उसने पूरा ज़ोर लगाया और वे दोनों अलग होकर गिर पड़े।

''वह कुछ रोज़ पहले दिखी थी। बूढ़े दरख़्त वाले मोड़ से ऊपर टेकरी पर

देखो तो सबको दिखती है। मैंने उसे देखा तो उसने ऊपर बुला लिया। उसने हाथ से इशारा किया, उधर से आओ। जिस तरफ़ इशारा किया उसी तरफ़ आसान चढ़ाई थी। मैं उधर गया तो हवा मुझे धकेल कर ऊपर ले गई।''

लड़के का भाई तेज़ी से भागा। उसने कमरे का दरवाज़ा बंद किया। सीढ़ियों पर बदहवास उतरते हुए सीधा मंदिर वाले आले तक पहुँचा, घुटनों के बल बैठ गया। उसके हाथ काँप रहे थे। माँ और बाबा दौड़े हुए आए। लड़के की भाभी भी आई। मंदिर वाले आले के आगे लड़के का भाई उसके पीछे तीन लोग। अचानक लड़के के भाई के बदन में भयानक मरोड़ उठी और वह आँगन पर गिर पड़ा। उसके पाँव से लेकर सिर तक तड़प भरी लहरें दौड़ने लगीं। उसने हाथ से ऊपर की ओर इशारा किया। माँ तुरंत ऊपर की ओर भागी। बंद दरवाज़े की कुंडी पर हाथ रखा तो वह बर्फ़-सी ठंडी थी। माँ ने दरवाज़ा खोला। लड़का एक कोने में बैठा था। उसके चेहरे पर हल्की हँसी आई। माँ ने मुड़कर नीचे आँगन में देखा तब तक लड़के का भाई शांत हो गया था। वह ठहरी हुई आँखों से माँ को देख रहा था। माँ ने अपने मुँह को पल्लू से ढँका।

दरवाज़ा खुला छोड़कर माँ नीचे चली आई। लड़के का भाई सहमकर घुटनों के बल बैठ गया। उसने अपने हाथ घुटनों के मोड़ों पर रख लिए। वह दीवार का पूरा सहारा लिए हुए था।

लड़के के गले पर हल्की खरोंच थी। उसने तर्जनी से आँगन पर कुछ लिखा। इसके बाद सो गया।

अगली दोपहर लड़का हवा की तरह घर से ग़ायब। उसे घर से निकलते हुए कोई न देख पाया। वह अदृश्य था। उसका पीछा करना बेकार था। मील भर रफ़्तार से चलने के बाद उस घाटी के शुरू होते ही उसकी चाल मद्धम हो गई। वह सड़क पर तैर रहा था, जैसे मौज में कोई तिनका बहता हो। उसने घाटी से ऊपर टेकरी की तरफ़ नहीं देखा। वह बूढ़े दरख़्त तक पहुँचा और फिर पहाड़ी की छाया वाले हिस्से में मुड़ गया। उसने गहरी साँस ली।

साँस जो कल रात से ग़ायब थी।

कोई आवाज़ उसके क़रीब से गुज़री। जैसे कोई सरसराहट थी। उसे गहरा सुकून आने लगा। एक हवा का झोंका छूकर लिपट गया। वह बोझ से आज़ाद होने लगा। उसके चारों तरफ़ हल्कापन था। उसकी आँखों की पलकों पर रखे भारी फाहे उड़ने लगे। उसके चेहरे पर पुता हुआ चूना झड़ने लगा।

टेकरी पर टूटी सूनी मीनार के पास वाले बड़े पत्थर पर लड़की चुपचाप बैठी रही। हवा उसे इसी तरह बैठे देखकर सिहर उठी। ख़ामोशी के घने जंगल में स्याह साए।

लड़के, ओ लड़के !

वह लौटकर घर आया। भाई दरवाज़े पर ही मिल गया।

"कहाँ गए थे ?" लड़के की हँसी झड़ने लगी, जैसे लोहे के फूल गिर रहे हों। लोहे के गिरने की आवाज़ घर भर में फैल गई। भाई चुप खड़ा रहा और लड़का घर के अंदर चला गया।

एक बड़ा पंछी कर्कश आवाज़ में चीखता हुआ घर के ऊपर से निकला।

शाम आलू के खेतों से होती हुई घर के दरवाज़े तक आई। हल्की मादक शाम। माँ और भाभी रसोई के आगे मुस्कुराए। बाबा थोड़े दूर बैठे थे। लड़के का भाई वहाँ न था। लड़का एक बेंच पर लेटा हुआ था। उसके पास किताबें रखी थीं। सब किताबों पर लाल रंग के काग़ज़ के खोल थे।

उधर उसी शाम उस लड़की ने बासी दोपहर को बदन से रगड़कर उतारा। दोपहर के वे छिलके रात की नमी से भीगे हुए थे। वे वहीं पड़े रहे। बिस्तर से नीचे हाथ लटकाए हुए लड़की सोचती रही।

एक हवा बजती। एक पत्थर गुनगुनाता। टूटी दीवारों से कोई झाँक आती। मन के ख़ाली बरतन में हवा का बाजा। गुनगुनाहट की चमक। झाँक का विस्मय। लड़के की सोच के साथ ये सब चीज़ें ज़िंदा हो जातीं। जैसे खोई हुई ज़िंदगी

लौट आई हो। लेकिन असल में कुछ न आता तब वह लड़की बिस्तर से उठकर छत पर चली जाती। छत पर फैली रात की स्याह चादर पर चोर क़दमों से चलती। उसे लगता जैसे काले फूल बिछे हैं।

लड़की ने अपने दोनों हाथ ऊपर किए कहने लगती- "आओ, मेरे क़रीब आओ। मुझे उठा लो यहाँ से। ये ज़िंदगी नहीं है। ये एक शाप है। ये रूह का पहना हुआ तकलीफ़ का पैरहन है। आओ लड़के! ओ लड़के! ओ मेरे प्रिय लड़के!"

घर में सोए हुए लड़के को कुछ हुआ। उसे लगा कि कोई मुसीबत बढ़ रही है। वह कुछ ही दूर है। वह बिस्तर से उठा। उसने दरवाज़ा खोला। नीचे आँगन में देखा। सब कुछ स्थिर। रात के सम्मोहन में क़ैद चीज़ें। पहाड़ी टेकरी का रास्ता याद किया। उसने मीनार की टूटी हुई दीवार को सोचा। उसने हवा की आवाज़ को सुना। उसने लड़की को याद किया।

सुबह लड़का दो घंटे तक आँगन की उसी बैंच पर बैठा किताब पढ़ता रहा। इसके बाद उसने खाना खाया और अपने कमरे में आ गया। दोपहर होने से पहले जब वह अपने कमरे से बाहर जाने के लिए दरवाज़े तक आया तो पाया कि दरवाज़ा बाहर से बंद है। उसने हत्थी को पकड़कर खींचा मगर वह न खुला। लड़के ने आवाज़ दी। माँ को पुकारा। कोई जवाब न आया। बाबा को पुकारा, कोई जवाब न आया। भाई को आवाज़ दी, उसका भी जवाब न आया।

लड़के के पाँवों पर असंख्य मकोड़े चढ़ने लगे। वह दोनों हाथों से अंदर लगी हत्थियाँ खींचने लगा। दरवाज़ा मज़बूती से बंद था। उसने पुकारा। बेहिसाब पुकारा। घर से दूर-दूर तक लड़के की आवाज़ बिखरती रही। दरवाज़े की कुंडी हिलती थी मगर टूटती नहीं। लड़का कमरे के अंदर दौड़ने लगा। उसने खिड़की के पास जाकर आवाज़ लगाई। उसने दरवाज़े के पास आकर आवाज़ लगाई। उसने हर दीवार से आवाज़ लगाई।

दो घंटे तक दरवाज़ा हिलता रहा। आख़िर घर ख़ामोश हो गया। दोपहर ढल चुकी थी।

भाई ने आहिस्ता से दरवाज़ा खोला। अंदर से कोई हलचल न हुई। भाई के

पीछे बाबा खड़े थे। माँ भी थी। भाई ने अपने हाथ में लिए हुए सरसों के बीज दरवाज़े के आगे फैलाए। हाथ में लिए पानी के लोटे से दोनों तरफ़ जल छिड़का। काँपते क़दमों से भीतर गया। लड़का बिस्तर पर सो रहा था। भाई ने आवाज़ दी– "उठो।"

वह अचरज से उठा। उसने कहा– "हाँ भैया।"

"कब से सो रहे हो?"

"पता नहीं। शायद अभी सोया।"

"आओ, नीचे चलो।"

वे सब नीचे चले आए। वहाँ एक तीसरा आदमी था। उस आदमी ने पूछा– "पहाड़ी की टेकरी पर गए थे?"

लड़के को याद आने लगा कि आज वह कमरे में बंद हो गया था। वह उदास होने लगा। उस आदमी ने कहा– "क्या तुम टूटी मीनार के पास बड़े पत्थर पर बैठे थे? क्या तुमने हवा में कोई गीत सुना? क्या किसी सोलह साल की लड़की जैसी आवाज़ थी? क्या तुमने देखा कि वहाँ घास के तिनके हवा के साथ गोल-गोल उड़ते रहते हैं?"

लड़के ने कहा– "नहीं।"

उस आदमी ने लंबी राहत की साँस ली। सबके चेहरों पर चिंता की रेखाएँ मिटने लगीं। उस तीसरे आदमी ने तेज़ी से कहा– "अपने हाथ दिखाओ।" लड़के ने अपने हाथ आगे किए। वह आदमी हथेलियों को देखकर आराम की मुद्रा में आ गया। उसने लड़के के हाथ छोड़ दिए उन हाथों में कुछ न था। एक भी लाल रेशा नहीं।

तीसरा आदमी उठा, कुछ बुदबुदाया और सुख भरे क़दमों से चला गया।

उसके जाते ही घर में हवा की साँय-साँय शुरू हो गई। हवा हर तरफ़ से आ रही थी। बस्ती में ज़रा ऊँचाई पर बसे हुए इस मकान के अलावा सब मकानों को हवा भेद रही थी। सिर्फ़ हवा बज रही थी बाक़ी ख़ामोशी थी।

उस रात लड़के का भाई उसके कमरे में आया। उसने कहा कि मुझे तुमको कुछ बताना है।

भाई उसके पास बैठ गया– "असल में हम डर गए थे। हमें लगा तुमको कुछ हो गया है। वह जो मीनार की टेकरी है, वहाँ कोई साया है। वहाँ पर जाने वालों को कुछ हो जाता है। अब तक जो भी गया, उसे हवा ने छुआ। हवा में गीत सुने। उसने हवा का नाच देखा। हवा ख़ुद वहाँ लोगों को ऊपर खींच लेती है।"

अपने भाई की बात सुनते हुए लड़का दीवार का सहारा लिए चुप बैठा रहा।

वह जो लड़की थी उसे भी दोपहर को हवेली में क़ैद कर दिया गया। उसने दरवाज़ों को आवाज़ नहीं दी। उसने हत्थियाँ पकड़कर नहीं खींचीं। वह चुप रही। जिस तरह लड़का एक दिन के लिए बंद किया गया था उसके उलट लड़की को अनेक दिनों तक बंद रखा गया।

इसके बहुत दिनों बाद एक दोपहर उस लड़के और लड़की को किसी ने घाटी से देखा। वे दोनों एक साथ इसी टेकरी पर थे। जब लोग उनको खोजने आए तब वे यहाँ नहीं मिले। वे दोनों ग़ायब हो गए थे। फिर कभी किसी को नहीं मिले।

गुलजान ने अपनी बात पूरी कर दी। दिबांग सोच में गुम था।

गुलजान ने उसे याद दिलाया कि अब तुमको जवाब देना होगा। दिबांग ने कहा– "पूछो, क्या सवाल है?"

गुलजान ने पूछा– "बताओ वे दोनों कहाँ गए।"

दिबांग ने महसूस किया कि इस सवाल के बाद हवा अचानक रुक गई है। ख़ामोशी गहरी होती जा रही है। मीनार की टूटी दीवार के पास से कोई झाँक हुई। वहाँ कोई सरसराया। सब चीज़ें गहरे मौन में किंतु लगता कि सब बोल रही हों। पत्थर, घास, रेत, हवा, सूखे दरख़्त, हर एक उससे कुछ कहना चाह रहा है।

दिबांग ने कहा– "वह लड़का ये मीनार हो गया और लड़की हवा हो गई।"

गुलजान ने फुर्ती से दिबांग को बाँहों में भर लिया। वह रोने लगी। "तुम कैसे मेरे मन को पढ़ लेते हो। बताओ कहाँ से सीखा मन को पढ़ना?" वे दोनों एक-दूजे की बाँहों में टूटी मीनार के पास वाले बड़े पत्थर पर थे। उनके मन भीगे हुए थे। वे एक-दूजे को चूम चुके थे। दिबांग ने गुलजान से कहा- "अपनी आँखें खोलो और देखो तो।" गुलजान ने कहा- "ऊँ हूँ।"

दिबांग ने फिर ख़ुशी से कहा। "गुलजान, देखो परिंदे"!

सात मुलाक़ातें

बीत रही ज़िंदगी बहुत ठहरी हुई होती है।

वे दो अनजाने लोग थे। वे अचानक मिले। जैसे किसी वीराने में रेल की पटरियाँ तिकोने ढंग से आपस में मिलती हैं और फिर दूर खो जाती हैं। उनका फिर से मिलना नहीं होता। दुबारा मिलने के लिए रेल को लौटना होता है। ज़िंदगी में लौटना संभव नहीं है। ज़िंदगी को पीछे की तरफ़ मोड़ा नहीं जा सकता। सिर्फ़ याद किया जा सकता है कि वह मोड़ कैसा था। वे छोटी मुलाकातें कैसी थीं। कैसे उसके आने से जीवन में एक स्पंदन हुआ।

पहली मुलाक़ात

सजला क्रीम कलर की साड़ी पहने हुए थी। वह देखने में बहुत ज़्यादा सुंदर नहीं थी किंतु भरी पूरी देह, नाम अनुरूप सजल आँखें और भूरे बाल उसे विशिष्ट बनाते थे। वह दस-बारह लोगों के बीच एक कुर्सी पर बैठी थी। ये चाय पार्टी थी। पड़ोसी दफ़्तरों के लोग कभी किसी बहाने मिल बैठें और जो पार्टी हो जाय, वैसी पार्टी।

बारामदे के किनारे पर ट्राईपेड खड़े थे। उनके पास ही थैले रखे हुए थे जिनमें शायद वीडियो कैमरे थे। उनके पास ही एक आदमी खड़ा हुआ था। वह आदमी मोबाइल पर बात कर रहा था। बरामदे के आगे नीले और सफ़ेद रंग की एक वैन खड़ी थी। ये बाहर से आए लोग थे। शायद किसी शूटिंग के सिलसिले में। ऐसा सजला ने सोचा तभी पीओ साहब ने कहा- ''मैडम इनसे मिलिए, ये मिस्टर रॉय हैं।''

जिस व्यक्ति से परिचय कराया जा रहा था, उस आदमी ने सोचा कि पीओ साहब शायद उसका नाम भूल गए और सरनेम ही याद रहा। इसलिए उस आदमी ने उनकी बात के बीच में ही मुस्कुराकर अभिवादन करते हुए कहा- ''नागेंद्र।'' उसकी आँखों में कोई चमक न आई थी किंतु उन आँखों को कुछ इस तरह भींचा कि चमक जैसा कुछ दिखाई पड़े, और कहा- ''हेलो।''

सजला ने इस अभिवादन के जवाब में मुस्कुराते हुए कहा- ''मैं सजला हूँ।''

वे लोग चाय पीकर अनौपचारिक ढंग से उठ गए। सजला की ओर देखते हुए नागेंद्र ने कहा- ''कभी हमारे उधर आना हो तो याद रखिएगा।''

सजला ने कहा- ''किधर?''

नागेंद्र रॉय ने अपने पर्स को संभाला।

उन्होंने अपने पर्स से तीन-चार विजिटिंग कार्ड निकाले और पास खड़े लोगों को बाँट दिए। सजला ने विजिटिंग कार्ड की तरफ़ नहीं देखा। वह जाते हुए नागेंद्र

को देखने लगी। वह मझली क़द-काठी का आदमी था। उसके बाल ज़रा घुँघराले थे। वह आर्मी रंग का सदरी जैसा जैकेट पहने हुए था। उसकी पैंट का रंग ख़ाकी था। उसमें कोई ख़ास बात न थी।

सजला घर आई तो देखा कि विनी ने नन्हे पिकासो के रूप में पुनर्जन्म लिया है। हर शै में रंग भरा है। आँगन, बिस्तर, कुर्सी की गद्दियाँ और दरवाज़े के हैंडल यानी सबकुछ रंगीन। उसकी आँखें इतने सारे रंगों को समेटतीं, तब तक विनी की आवाज़ आई- ''मम्मा, कुछ बिखेरना मत।''

सजला और हैरत से भर गई। क्या इस हाल को और ज़्यादा बिखेरा जा सकता है? वह अब तक सोच रही थी, ये सब समेटने में जाने कितना समय लगेगा। लेकिन विनी की बात सुनते ही मुस्कुराती हुई बोली- ''नो स्वीट हार्ट, नॉट एट आल।'' सजला ने पूरे लिविंग रूम का मुआयना किया कि बैठने को कहीं जगह मिल सकती है।

''एक्च्युली मम्मा...'' विनी ये कहते हुए सजला की ओर आने लगी तो सजला को अपनी क्रीम साड़ी का ख़याल आया- ''दो मिनट रुको बच्चा, मैं अभी आई।''

विनी को जो बात कहनी थी वह बात उसी वक़्त कहना ज़रूरी था। सजला ने उसके गालों को छूते हुए कहा- ''बेटा, बस अभी चेंज करके आती हूँ।''

माँ-बेटी रंगों के संसार को तरतीब में लाईं। डिनर बना। रात हुई। दोनों बिस्तर में कूद पड़ीं।

नागेंद्र का चेहरा दिन के ठहरे हुए होने में कहीं जम गया। ऐसे कितने ही लोग मिलते हैं और चले जाते हैं। ज़िंदगी में कोई एक चेहरा जो सबसे अधिक उथल-पुथल लाता है, वह भी खो जाने पर धीरे-धीरे दूसरी ठहरी हुई चीज़ों की तरह समय की धूल के नीचे कहीं गुम हो जाता है। सजला के पति विवेक को टूर पर गए हुए पाँच दिन हुए थे। उनका फ़ोन आता था और दोनों तरफ़ से विनी और दफ़्तर की बातें साझा होतीं। फिर 'लव यू, गुड नाइट' कह कर वे सो जाते। कल जब उनका फ़ोन आया तब वे बहुत ख़ुश थे। उन्होंने बताया कि प्राइमरी में साथ

पढ़ने वाला एक दोस्त अचानक मिल गया है। वे दोनों इस बात को लेकर ख़ुश थे कि एक-दूजे को पहचानने में बिल्कुल भी देर न लगी।

इसके बाद अपने बचपन की यादें बाँटते हुए विवेक ने कहा कि वह दोस्त अपने घर जाने से पहले दो दिन के लिए हमारा मेहमान होगा।

विवेक अपने दोस्त के साथ आने वाले हैं तो सजला ने नाश्ते, लंच, डिनर के बारे में ज़रूरी बातें सोचीं। उसे लगा कि ज़रूर लंच या डिनर में से कुछ तो बाहर होगा ही मगर बचपन के दोस्त अक्सर घर में ही टिके रहते हैं। वे इस तरह आते हैं जैसे खोया हुआ घर वापस मिल गया हो। ऐसी सब बातें सोचते हुए उसे ख़याल आया कि मेहमान को पहले माले के कमरे में ही रुकना होगा। नीचे के घर में एक बेडरूम और लिविंग रूम ही है। इसलिए जब भी कोई आता उसे ऊपर छत पर बने कमरे में जगह मिलती थी। इस बार विवेक का दोस्त आ रहा है तो वह चाहेगा तो उसके ही साथ सो जाएगा। रात भर ख़ूब बातें कर सकेंगे।

विनी नींद में सो रही थी। सजला बिस्तर से उठी और उस ऊपर के कमरे में चली गई। कमरा ख़ालीपन की गंध से भरा था। वहाँ कोई नहीं रहता। कैसी गंध होती न इस कमरे की अगर इसमें कोई रहता! कमरे की खिड़कियाँ बंद थीं। अलमारी के पल्ले अनछुए थे। पर्दे गर्द की हल्की गंध से भरे हुए थे। ये एक ठहरी हुई ज़िंदगी ही थी। किसी कमरे की ठहरी हुई ज़िंदगी।

सजला ने अलमारी के ऊपर के खाने में रखी एक फ़ाइल से ख़ाकी रंग का लिफ़ाफ़ा निकाला। फ़ाइल को वापस रखा और नीचे चली आई।

जिस कमरे में विवेक या कोई अजनबी ठहरने वाला हो उसमें इस लिफ़ाफ़े को छोड़ देना समझदारी न थी।

दूसरी मुलाक़ात

उस दिन नागेंद्र अपने काम की चीज़ें देखकर लौट आया था। काम की चीज़ें मतलब वह जो फ़िल्म शूट करता था, उसके लिए लोकेशन और ओब्जेक्ट्स की तलाश में रेकी करना। ये काम उसे ख़ूब पसंद था। ये आवारागर्दी उसमें ख़ुशी भरती थी। उसके फ़ोन में एक अपरिचित नंबर फ्लेश हुआ।

"नमस्ते! मैं सजला।" नागेंद्र को ख़ूब आश्चर्य हुआ कि एक छोटी-सी मुलाक़ात को इस औरत ने याद रखा और आज फ़ोन भी किया। वह बोला- "अहा! मैंने पहचान लिया आपको। या यूँ समझिए कि आपसे हुई पहली मुलाक़ात अभी भूला नहीं हूँ।" दूसरी तरफ़ से आवाज़ आई- "ये तो आपका बड़प्पन है, आप कितने ही लोगों से मिलते हैं फिर भी मुझे याद रख पाए।"

नागेंद्र ने कहा- "आप इधर आई हुई हैं क्या?"

सजला ने कहा- "नहीं, मैं कल आऊँगी, तो सोचा आपसे पूछ लूँ कि आप वहाँ हैं या नहीं?"

नागेंद्र ख़ुश था- "हाँ ज़रूर। आप आइए, मैं इंतज़ार करता हूँ।"

फ़ोन पर ज़रा-सी ख़ामोशी रही जैसे दोनों किसी के कुछ कहने का इंतज़ार कर रहे हों। फिर एक साथ आवाज़ आई- "अच्छा, हम कल मिलते हैं।" दोनों ने कहा- "हाँ, कल।" और फिर 'बाय'।

अगला दिन एक ठहरा हुआ दिन होता। वह न याद रखने लायक़ दिन की ही तरह बीतता। मगर ऐसा न था। ये उनकी दूसरी मुलाक़ात का दिन था। इसलिए ख़ास हो सकता था। नागेंद्र में एक हल्की उत्तेजना थी। उसने सोचा कि क्या वह ये महसूस कर रहा है कि ये कोई ज़हनी रिश्ता बन रहा है या सिर्फ़ विलोम देह का आकर्षण। ऐसा तो कभी न हुआ। अच्छा, कभी हुआ होगा तो भी ये हर किसी के साथ नहीं होता। लोग मिलते हैं, मुस्कुराते हैं, खो जाते हैं। लोग लौट-लौटकर आते हैं और फिर से चले जाते हैं। उनके आने में कोई ख़ुशी नहीं होती। उनके जाने से कोई दुःख नहीं होता। ये औरत अभी तक आई भी नहीं है और ये कैसी

उत्सुकता भर रही है।

दफ़्तर के पिछवाड़े में पेड़ों के झुरमुट के नीचे चाय-कॉफ़ी, स्नेक्स और सिगरेट का बंदोबस्त था। आस-पास के दफ़्तर के लोग भी वहाँ आते-जाते थे। वहाँ छोटे-छोटे स्टूल रखे थे। लोहे की तिपहियाँ भी थीं। पत्थर की बेंचें भी। नागेंद्र और सजला एक कोने में बेंच पर बैठे थे। चाय का क़र्ज़ उतारने जैसे हल्के हास्य के बाद नागेंद्र ने कहा- "और बताइए?" ये एक व्यापक-विस्तृत प्रश्न था। इसके उत्तर में अपनी सुविधा से कुछ भी कहा जा सकता था। सजला ने कहा- "कुछ ख़ास नहीं है बताने को। ज़िंदगी चल रही है। हबी पेट्रो केमिकल कंपनी में हैं और एक बिटिया है। तीसरी क्लास में पढ़ती है। विनी नाम है उसका। उसके पापा अक्सर टूर पे रहते हैं।"

नागेंद्र, सजला को सुन रहा था। उसका सुनना ऐसा था कि आज के इस लम्हे में कुछ भी सुनना छूट गया तो अनर्थ हो जाएगा। इतनी अटेंशन वह अनजाने दे रहा था या कल से जो उत्तेजना उसने फील की थी, उसी को आगे बढ़ाने के लिए धरातल को मज़बूत करना चाह रहा था। ये सिर्फ़ वही बता सकता था।

सजला ने अपनी बात को रोक लिया था। इस विराम से नागेंद्र का ध्यान टूटा- "आह! मुझे टूरिंग जॉब से ज़्यादा प्यार नहीं है।" उसने 'प्यार' शब्द क्यों काम में लिया, ये उसे ख़ुद न समझ आया। वह प्यार की जगह पसंद को काम ले सकता था। क्या सचमुच वह जल्दी से क़रीब होने की जुगत ही लगाए जा रहा था। वैसे एक शब्द भर पर कौन ध्यान देता है।

सजला ने कहा- "उनके टूर पर होने का मतलब यही है कि मुझे भी अपने काम से फ़ुरसत उतनी ही मिलती है, जितने समय वे घर पर होते हैं। उनका टूर पर होना मुझे फ़ुरसत नहीं देता बल्कि बिजी कर देता है।"

ऐसी ही कुछ बातें नागेंद्र के बारे में भी थीं। उसने बताया कि वह मैरिड है। बीवी भी वर्किंग है। अभी दो साल से दूसरे शहर में पोस्टेड है। वे दोनों मिलने को बारी-बारी से आते-जाते हैं। 'बच्चे नहीं हैं' ये नागेंद्र ने इस तरह कहा कि इस बात को किसी दुःख की जगह सुविधा समझा जाए।

उस मुलाक़ात में और कुछ ख़ास नहीं था। सजला के जाने के बाद नागेंद्र ने इस बात पर ग़ौर किया कि वे तीन घंटे से ज़्यादा समय तक साथ थे। अचानक उसने सोचा कि क्या सजला किसी काम से आई थी? अगर काम था तो वह उसने कब किया होगा। ऐसे सवाल लिए हुए वह दफ़्तर से घर लौट गया।

तीसरी मुलाक़ात

विवेक अपने दोस्त के साथ आया। दोस्त दो दिन रुका। उन्होंने ख़ूब आउटिंग की। वे चारों लोग शहर की झीलों के किनारे घूमे। कुछ दूर पहाड़ों की तलहटी में दोपहर बिता कर आए। उन्होंने शामें हल्के ड्रिंक और अच्छे डिनर के साथ बिताई।

ठहरे हुए जीवन में हलचल हुई। वे दो दोस्त आपस में बातें करते और बारी-बारी से विनी को प्यार करते जाते। सजला घर परिवार के सबसे मीठे लम्हे महसूस करती रही। जैसे कोई ज़िम्मेदारियों का बोझ था और बहुत सारे हाथों में बँट गया। सजला ने कई दफ़ा उन सबके बीच ख़ुद को एक दोस्त की तरह पाया। विवेक जितना स्पेस देता है वह काफ़ी है मगर जाने क्यों वह दिया हुआ स्पेस, इस अहसास के नीचे दब जाता कि आख़िरकार वह एक पत्नी ही है।

विवेक अपने दोस्त के गले में बाँहें डाले हुए जब फोटो खिंचवा रहा था तब सजला ने सोचा कि क्या उसका कोई दोस्त इस तरह आता तो विवेक ऐसे ही फ़ोटो खींच रहा होता। क्या वह इतनी सहजता से अपने दोस्त के गले में बाँहें डालकर खड़ी हो सकती थी। सजला ने सोचा कि औरत से ज़्यादा आदमी डरा हुआ है। उसी ने तय किया है कि औरतों की दोस्त औरतें हों, आदमियों के दोस्त आदमी। डर का इससे बड़ा उदहारण कुछ न था। इसी डर ने ही ये विभाजक रेखा खींच रखी थी।

इसी घूमने के दौरान जब भी समय मिला, वे दोनों दोस्त निश्चिंतता से एक-दूजे के पास हरी दूब पर लेटे-अधलेटे सुख को बुनते रहे। सजला उनको

देखकर ख़ुश थी। इस तीसरे आदमी के आने ने विवेक और उसके बीच के चल रहे काम के एक अघोषित बँटवारे को नया रंग दे दिया था। विनी को स्कूल ड्राप करने जाना होता था तब विवेक सिर्फ़ कार ड्राइव करता था। सजला विनी का बैग उठाती, कंधे पर बोतल टाँगती और विनी को अपनी गोदी में लेकर चलती। विवेक कार में बैठकर उसके लौट आने का इंतज़ार करता।

ऐसा क्यों होता है कि किसी तीसरे के आते ही फ़ॉर ग्रांटेड चीज़ें बदल जाती हैं। पार्टनर नए रंग-ढंग में दिखता है? ऐसे नए सवालों की सोच के साथ उनकी आउटिंग ख़त्म हो गई थी। वे घर लौटे आए थे।

सजला ऊपर के कमरे नहीं गई। वहाँ तक विवेक ही जाता था। सजला को नहीं मालूम कि एक रात वहाँ बिता लेने से उस कमरे की गंध में कोई बदलाव आया था या नहीं। विवेक के दोस्त के आने से पहले वह जो ख़ाकी लिफ़ाफ़ा लाई थी वह बेडरूम की अलमारी के निचले आले में साड़ियों के बीच पड़ा रहा था।

नयी सुबह में दोनों के दफ़्तर जाने की तैयारी। विनी को स्कूल ड्राप करने की कवायद। आया को एक ही हिदायत दोहराना। दोपहर बाद सजला जल्दी घर आती थी। विवेक आठ बजे तक आ पाते थे। सजला की शामें विनी के साथ बालकनी में बीतती थीं। बालकनी के हर कोने में हवा ज़रा-ज़रा-सी गर्द रख जाती थी। गर्द पढ़ती थी खिड़की के कोनों को। रसोई के बर्तनों को। कमरे में दीवारों पर टँगे चेहेरों को। हर आले को। आँगन के हर कोने को।

गर्द कहीं जाती नहीं, बस आती रहती।

गर्द सुख की तरह आकर उड़ जाने की जगह हर कोने में पसरी गर्द से मिलकर चादर बुनती। मगर दुःख नहीं थी गर्द। ये बस इसकी एक आदत थी यादों की तरह आना और फिर ज़िद्दी होकर पसरते जाना।

इस जमा होती गर्द में कभी-कभी एक शक्ल बनती थी। एक शाम सहसा उसे नागेंद्र का ख़याल आया। उसने ग़ौर से देखा मगर किसी भी एंगल से नागेंद्र की शक्ल उस रेत में न देखी जा सकी।

उस शाम के दो दिन बाद सजला ने नागेंद्र को दफ़्तर के बाहर से फ़ोन

किया। वह उससे मिलने नहीं आई थी। उसे काम ही था और उसने मन बनाया कि नागेंद्र से मिलती चले। नागेंद्र तुरंत बाहर आया। उसके हाथ में कुछ काग़ज़, एक रिकार्डर और सेलफ़ोन था। वे दोनों दफ़्तर के बाहर बाउंड्री का सहारा लेकर खड़े हो गए। लोहे की फेंसिंग के अंदर से चाय आ गई। उन्होंने चाय पी। नागेंद्र ने कहा– ''आज मेरा डबिंग का बहुत सारा काम है, आपको अधिक समय नहीं दे पाऊँगा।'' और फिर उसने ''काश! दे पाता'', इस तरह कहा जैसे वह सजला के लिए सब काम छोड़ देने को तैयार है।

सजला ने कहा– ''मेरा भी कुछ प्लांड नहीं था। इधर थी तो सोचा मिलती चलूँ।'' वह चली गई और नागेंद्र दिन भर बेवजह इधर-उधर टहलता रहा। असल में उसके पास कुछ काम था ही नहीं। वह तो एक अच्छे कामकाजी आदमी होने के इम्प्रेशन के लिए एक रिकार्डर और काग़ज़ साथ उठा लाया था। उसने काम होने का बहाना भी ऐसे ही किसी इम्प्रेशन के लिए किया।

चौथी मुलाक़ात

नागेंद्र के जीवन के पठार पर की हुई खेती में क्या बचा था! बस कुछ एक बातें थीं जो दूर-दूर सलेटी रंग पर हरे चकत्तों-सी दिखती थीं। एक घना सुख, गहरे समंदर, ऊँचे पहाड़ और असीम रेगिस्तान जैसा होता है। ऐसे विशाल, वृहद् और पैमाइश से बड़े सुख की पहचान अक्सर भूलवश दुःख के रूप में की जाती है। भूल ही होती है कि सुख ऐसी चीज़ों को समझ बैठते जैसे दो पहाड़ों के बीच कहीं एक गीली नदी बहती हो, रेगिस्तान के बीच सात सौ हाथ गहरे कुँए में खारा पानी रहता हो और जैसे समंदर के बीच किसी टापू पर बची हो थोड़ी ज़मीन।

सुख असल में असीम होने में हैं। ऐसा असीम जो न्यून में समा जाए।

नागेंद्र ने जब पहली बार किसी लड़की से अपनी ज़िंदगी के अधूरेपन को भरना चाहा था तब से लेकर अब तक केवल रिक्तता ही हाथ लगी। कॉलेज के दिनों में शादी-शादी करता घूमता था। सब पूछते, बात बनी क्या? वह कहता,

यार कहाँ बनती है बात। एक दोस्त ने सलाह दी, अपने से पाँच-सात साल छोटी लड़की को तलाशो। कुछ दोस्त कहते किसी मेच्योर से मिलो। वह मिलता था। हर बार दोस्तों को आशा जागती कि इस बार पक्का नागेंद्र की बात बन जाएगी। आशाओं के विपरीत उन वर्षों में कुछ न हुआ।

नागेंद्र जिस सुख की तलाश में था, वह सुख उसके जीवन में कॉलेज से निकलने के आठ साल बाद आया। जब उसे नीता मिली। नीता से उसका मिलना ऐसे ही शुरू हुआ था जैसी सजला के साथ उसकी चौथी मुलाक़ात थी।

नीता रूमानी लड़की न थी। जब नागेंद्र ने उससे शादी का प्रस्ताव रखा तब उसने कहा- ''क्यों?'' नागेंद्र ने सिर्फ़ हाँ और ना की उम्मीद की थी। अब तक वह ना सुनता आया था तो कोई दूसरा जवाब हाँ हो सकता था मगर क्यों की कोई अपेक्षा न थी। इसके बाद नीता ने उससे बहुत सारी बातें कीं। हम कैसे साथ रहेंगे। बच्चे होंगे? अगर हुए तो कितने। उनकी परवरिश कैसे और फिर स्थायी घर। शादी का प्रस्ताव ऐसी सख़्त चीज़ों से टकराया था कि नागेंद्र को लगा, काश! उसने सीधा ना ही कर दिया होता तो अच्छा रहता।

सब प्रश्न नागेंद्र ने कभी न सोचे थे। वह सिर्फ़ एक औरत के निर्बाध साथ को शादी समझकर इसी तलाश में था। ख़ुशकिस्मती से उन अनेक प्रश्नों में से वे दोनों सहमत निकले।

सजला और नागेंद्र ने एक साथ चाय पी। सजला ने जल्दबाजी में कहा- ''आज किसी बैठक में जाना है, कलेक्टर भी रहेंगे इसलिए ज़रूरी है।'' वह चली गई मगर उसके जाते हुए क़दमों की आवृत्ति से नागेंद्र को ये धोखा हुआ कि सजला को आज कोई काम नहीं है।

पाँचवी मुलाक़ात

वे दोनों .फ़ोन पर बहुत देर बात करने लगे थे।

फोन में कोई जादुई बात थी। वे दोनों .फ़ोन पर बात करते हुए ख़ूब आसान रहते थे। आधी कही बातें भी पूरी तरह समझ जाते थे।

उन बातों में असीमता थी। असीम होना ही असल सुख है। जहाँ कहीं थोड़ा पानी हो, वहाँ चिंता आ जाती है। जहाँ गहरा, खारा मगर बहुत सारा पानी हो तो चिंता नहीं होती। ज़रा-सा ज़मीन का टुकड़ा सुख में दु:ख का छलावा घोलता है। ये विलासिता रचता है। ऐसी विलासिता जो हमें कुछ इस तरह भिगोती-सुखाती है कि रेगिस्तान प्यास से भरा उड़ता बिखरता रहता है। पहाड़ अपनी कौंध, तपन और ठंडी सिहरन भरी चादर को फेंक देना चाहते हैं। इसी तरह वे बातें किया करते थे। जैसे अपना सबकुछ दूसरे के पास रख देना चाहते हों।

पाँचवीं मुलाक़ात सुनियोजित थी। .फ़ोन पर ही सबसे बड़ी .फ़ुर्सत तलाशी गई और फिर मिलना हुआ। इस मुलाक़ात में नागेंद्र को मालूम हुआ कि सजला किसी से प्रेम किया करती थी। उसने विज्ञान में स्नातकोत्तर करने के लिए विश्वविद्यालय में प्रवेश लिया, तब वह प्रेम चरम पर था। यूनिवर्सिटी के मुख्यद्वार से बाहर निकलते ही सामने एक आईसक्रीम पार्लर था। उसका नाम था रिवाइव। क्या .फ़र्क़ पड़ता है नाम से ? आपको तो आईसक्रीम से मतलब होना चाहिए ना। लेकिन वह इस नाम को देखते ही महसूस करती कि उसकी साँस कुछ धीमे हो गई है, रक्त थमने लगा है। क्योंकि ऋषि नाम भी आर से ही शुरू होता है। यह क़स्बे के प्रेम की दास्तान थी। जिसे उसने कहा कि इसे प्रेम मत कहो, इससे बढ़कर कोई संज्ञा हो तो बताओ।

ऋषि का घर सजला के घर के पास ही था। उन दोनों के घर पास होने से ज़्यादा आमने-सामने थे। उन दोनों घरों के पास एक-एक नीम का पेड़ था। उन दोनों पेड़ों की शाखाएँ आपस में मिल गई थीं। कोई भी उन पेड़ों के सहारे एक से दूसरे घर की छत तक जा सकता था। वे नीम गली में खड़ा हरा तोरण थे। वे शुभ थे।

ऋषि के बारे में सजला ने कहा कि ऋषि से लगाव को इस एक वाक्य में इस तरह कहा सकता है- ''कुछ स्थितियाँ आपको ढंग से रोने भी नहीं देतीं।''

ऋषि के लिए एक सुंदर-सा कमरा था। उसमें उन दिनों उपलब्ध हो सकने वाली सब आधुनिक सुविधाएँ थीं। उसके लिए मम्मी और पापा बेहतरीन व्यवस्था रखने को संकल्पित थे। उसकी देखभाल बहुत क़ायदे से की जाती थी। उसकी सेहत के लिए हर तरह का हाइजीन अपनाया जाता था। ऐसा सब कुछ इस तरह न सही मगर होता तो सजला के घर में भी था। बच्चों की केयर ऐसे ही की जाती थी। ऋषि की इन सब सुविधाओं से सजला को कोई लगावट न थी किंतु वह दसवीं में पढ़ते समय ही ग़ज़लें सुनने लग गया था, कुछ गहरी नज़्में भी। सजला को उसी ने बताया कि ग़ज़ल का पॉवर क्या होता है।

सजला की इन बातों के बीच नागेंद्र ने कहा- ''ग़ज़ल या गीत सुनना अपनी-अपनी समझ पर निर्भर करता है। मैं भी सुनता हूँ हालाँकि मुझे भी ग़ज़ल अधिक पसंद हैं।'' नागेंद्र ने जब ऐसा कहा तब सजला चाय के कप में देख रही थी, फिर उसने स्लोमोशन में अपनी नज़रें ऊपर उठाई जैसे कोई सिद्धहस्त केमरामैन किसी लॉन्ग शॉट से क्लोज अप पर आता हो।

''तुमको क्या दुख है जो ग़ज़लों से दोस्ती हो गई?''

''तो क्या जिनको दुःख होता है वे ही ग़ज़लें सुनते हैं?''

''तो दुःख...''

ये दो शब्द बोलकर वह चुप हो गई किंतु उसकी आँखें स्थिर थीं। बाद इसके जो मालूम हुआ वह काफ़ी सीलन से भरा था। ऋषि के मम्मी-पापा वास्तव में उसके चाचा-चाची थे। अपनी कोई संतान न होने के कारण उन्होंने बड़े भाई साहब से ऋषि को माँग लिया था। ऋषि आराम से ही बड़ा होता किंतु दस साल बाद चाची की गोद भी हरी हो गई। एक बार नहीं दो बार। ऋषि के लिए सब रास्ते बंद हो गए। वह जिनके साथ रहना चाहता था, वे उसके रहे नहीं और जिस झोली में सौंप दिया गया था वहाँ उससे अधिक चहेते आ गए थे।

अव्यक्त चुप्पी के बाद नागेंद्र ने कहा- ''तुम शायद इसीलिए उससे प्यार

करती थी।'' उसकी आँखों में एक स्वीकृति कौंधी और बुझ गई। उस दिन सजला नागेंद्र से बात करके ख़ुश थी।

छठी मुलाक़ात

उस मुलाक़ात के बाद कई दिन लगातार गर्द उड़-उड़ कर आती रही। सजला बालकनी में बैठी होती। वहाँ से देखती पैमाइश करके काटे हुए ज़मीन के टुकड़ों पर अभी घर नहीं बने हैं इसलिए पगडंडियाँ बची हुई हैं। कुछ उसके पास भी बचा हुआ है। उसी बचे हुए से चलकर ऋषि की स्मृति आती है। इन स्मृतियों पर चलकर कोई नमी आँख में भर जाती है। एक टीस उठती है और वह ख़ुश हो जाती कि अपने विशाल, असीम, वृहद् सुख के बीच लौट आई है। ऋषि की याद जो कल तक किसी अवसाद की तरह थी, नागेंद्र से मिलने के बाद हल्की ख़ुशी जैसी होने लगी है।

याद ही जीवन जीए जाने का हासिल है।

इसी याद के बीच सजला और नागेंद्र की छठी मुलाक़ात हुई। नागेंद्र ने पूछा- ''फिर क्या हुआ?''

सजला की कहानी जैसे पॉज़ थी और बटन दबाते ही चल पड़ी। नागेंद्र को भी कुछ इस तरह याद था कि जैसे वह उस मुलाक़ात के बाद से फ्रीज़ ही था।

सजला ने कहा- ''कुछ ख़ास नहीं। हम रोज़ स्कूल से साथ घर लौटते थे। वह ग़ज़लों की बातें करता और मुझे ऑडियो कैसेट्स दिया करता था। हमने कभी प्रेम जैसे किसी शब्द के बारे में कोई बात नहीं की थी मगर वह था हमारे बीच। एक दिन मैंने, उसको पकड़ लिया। यानी वह बहुत शर्माता था। तो एक सहेली को राजी किया और उसके घर पर उसको बाँहों में भर के ख़ूब देर चिपकाए रखा। पता है उस दिन वह रो पड़ा। जबकि चाचा-चाची से मिली उपेक्षा पर उसने कभी आँसू नहीं बहाया था। वह अपने मम्मी-पापा की याद आने पर अपना चेहरा

आसमान की तरफ़ कर लिया करता ताकि सब आँसू गले में ही उतरें। मगर उस दिन उसके आँसू मुझ पर बरसे।''

सजला को कुछ भी कहने के लिए नागेंद्र के पास शब्द नहीं थे। उसने अपना नींबू-पानी का ग्लास होंठों से लगा लिया।

सजला ने अपने पर्स से क्रिकेट वर्ल्ड कप की ऑफ़िशियल चुइंगम निकाली और नागेंद्र को दी। इस तरह उसने अपने और नागेंद्र के चेहरे पर ठहर गए पानी में एक कंकड़ फेंका। ''फिर मेरे पापा का ट्रांसफर हो गया। हम उस क़स्बे को छोड़कर उदयपुर चले आए। वहाँ भी तीन साल बाद वह मिलने आया पर तब उससे मेरी मुलाक़ात नहीं हुई।''

उन दोनों की भी छठी मुलाक़ात ख़त्म हुई और सजला चली गई।

सजला का चला जाना कैसा था कि वह नागेंद्र के पास एक तीसरे आदमी को भी छोड़ गई थी। नागेंद्र को इस ठहरे हुए दृश्य को देखना, समझना और इन संबंधों के बीच अपने संबंध को पहचानना और फिर अलोप हो जाना था। सुखों से प्रेम उस योद्धा की तरह करना था जो अपनी बंदूक के बट पर ठोढ़ी टिकाए मातृभूमि को निहारता रहता है। लेकिन नागेंद्र सुख की तलाश में, लालच से भरे रेगिस्तानी सियार की तरह एक खरगोश के पीछे भाग रहा था। खरगोश जो भागा जा रहा था एक याद के साए का पीछा करता हुआ। नागेंद्र को जो कोरा-कुँवारा सुख दिख रहा था, वह असल में जटिलता से भरी किसी पेंटिंग की तरह सामने आने लगा था। क्या वह भागता हुआ हाँफ कर मर जाएगा। उसने दुःखों से मल्लयुद्ध में ख़ुद को क्यों झोंक दिया!

आज हम जिस हाल में होते हैं उसकी नींव बहुत पहले पड़ चुकी होती है।

सातवीं मुलाक़ात

विवेक को लगने लगा कि ज़िंदगी कुछ आसान हुई। सजला को लगता था कोई बोझ था, वह छँट रहा है। विवेक ने एक रात कहा– "तुम्हें देखकर तो नहीं लगता मगर तुम पहले से हल्की हो गई हो।"

सजला ने कहा– "छोड़ दिया होगा तुमको किसी सौतन ने तो मैं हल्की लगने लगी।"

ऐसी गुदगुदी भरी बातें उनके जीवन से जाने कब और कैसे ग़ायब हो गई थीं। वे लौट आईं। सजला ने सोचा कि क्या सचमुच एक दोस्त का मिल जाना जीवन को इतना आसान कर देता है। क्या पति कभी दोस्त नहीं हो सकता। क्या यही सब मैं विवेक को बता सकती हूँ। क्या वह सुन सकता है और उसके बाद भी वैसा ही रह सकता है। उसे इन सब प्रश्नों के उत्तर मालूम थे। वे सब उत्तर एक ही थे, नहीं। वह बस अपने बोझ से बाहर नयेपन में इन्हें दोहरा रही थी।

सुखों की लिप्सा और दुःखों के नैराश्य एवं पीड़ा से भरे ज़िंदगी के इस बीहड़ में हम आँख मूँदे हुए आए थे। जैसे युद्धभूमि पर रात के अबोले को तोड़े बिना कोई सिपाही छतरी से टँगा उतरा हो। हमने युद्ध आरंभ करने के लिए अँधेरा इसलिए चुना कि हलचल और पहचान को छुपाए हुए सुरक्षित रहें। हम बचे रहें संकटों की नज़र से। हम अपने कार्य को निर्बाध करते रहें। विवेक के साथ इसी तरह एक सावचेत सिपाही की ही तरह जीना था। इसी सावचेती में सजला ने अपने अतीत के कुछ टुकड़ों को ख़ाकी लिफ़ाफ़े में बंद कर रखा था। वह उस दुश्मन सिपाही की गोली का शिकार नहीं होना चाहती थी, जो हर समय उसके साथ होता था।

तीन सप्ताह बाद सातवीं मुलाक़ात हुई।

मुलाक़ात से पहली रात ग्यारह बजे के बाद सजला का फ़ोन आया। "क्या हम कल मिल सकते हैं?"

ऐसा पहले कभी न हुआ कि इस तरह अचानक मिलने की बात हुई हो। नागेंद्र कुछ पूछता उससे पहले, सजला ने कल मिलने पर ही सब बताने का कह कर 'गुड

नाइट' कहते हुए .फ़ोन रख दिया।

टेबल, कुर्सियाँ, कारपेट, टेडी, वाल हेंगिंग और कॉ.फ़ी हाउस, सभी चुप।

ख़ामोशी में किसी मग में एक्स्ट्रा चीनी घोले जाने से आती आवाज़ में जो सुनाई देता था वह था कि

उसने प्यार किया था यानी अंदर का इंद्रधनुष अमिट रूप से खिला हुआ था। मन किसी के नाम कर दिया तो उससे बड़ा कोई दानी भी ना था। उसने देह को किसी और को सौंपा था, क्योंकि मन के बाद देह का मूल्य नाशवान हो चला था। क़ुदरत की बनाई काम-कारीगरी से अनजान ना थी। देह की ऊष्मा और चंचल मन के आचरण, उससे छुपे ना थे और उनका दमन कैसे किया जाए इस हुनर में पारंगत थी।

चुप्पी रेस्तराँ की दीवारों से टकरा कर लौटती रही। नागेंद्र और सजला ख़ामोश बैठे थे। इतने ख़ामोश कि एक समंदर जितना दुःख आँखों से उतारकर, उसे अपने पहलू में रखे बैठा हो। जैसे कई सदियों बाद एक साँस का इंतज़ार हो।

अचानक सजला ने नागेंद्र के हाथ पर तेज़ी से अपना हाथ रखा और बोली- ''तुम मेरे सबसे अच्छे दोस्त हो। इसलिए प्लीज़ मेरा फेवर करो।'' सजला ने पर्स से एक ख़ाकी लि.फ़ा.फ़ा निकाला और टेबल पर रख दिया।

''अब नहीं संभाला जाता मुझसे। ये मैं तुमको सौंपती हूँ।'' इतना कहते हुए वह झटके से उठी और कैफेटेरिया के बाहर भीड़ में खो गई।

* * *

उस शाम नागेंद्र ओपन एयर बार में बैठा हुआ नीचे देख रहा था। कितनी ही भौतिक चीज़ें दौड़ी, भागी, उड़ी जा रही थीं। इस तेज़ र.फ़्तार दृश्य के बीच नागेंद्र को अचानक अपना .फ़ोन याद आया। उसने दो दिन से नीता को .फ़ोन नहीं किया था। नीता को .फ़ोन करने से पहले उसने दूर आसमान में एक तारे को रोशनी की

लकीर की तरह मिटते हुए देखा।

उल्का पिंड, धरती की ओर आते आसमान के टूटे हुए ख़्वाब हैं।

वैसे तुम क्या हो और फिर मैं क्या हूँ?

सजला घर आई। वह सोफ़े पर बैठ गई। वह एक बंधन का जो बोझ अकेले उठाए जी रही थी, वह उतरा। घर की दीवार में कोई सुराख़ था, वह बंद हुआ। डोरबेल बजी। विवेक आए। उसे अब अपनी किसी बात को छिपाने के लिए विवेक के गले लगने की ज़रूरत न थी। वह गले लगती ही क्यों थी? सिर्फ़ इसलिए कि एक बार दसवीं में पढ़ने के दिनों किसी लड़के के दुःखों को बाँटा था। सिर्फ़ इसलिए कि उसकी कुछ तस्वीरें और ख़त बचे हुए थे। ये सब किसी तरह का अपराध न था, उसका समर्पण विवेक के लिए ही था और विवेक ने कभी उसके अतीत की तफ़्तीश न की थी। फिर भी बोझ क्यों था?

विवेक ने कहा आज की शाम बाहर चलेंगे। वह शोर भरी सड़क पर विवेक का हाथ थामे हुए चल रही थी। उसने पूछा– "विवेक तुम्हारा बचपन वाला दोस्त कैसा है, वापस उसका फ़ोन नहीं आया?"

विवेक ने बीच सड़क सजला को चूमते हुए कहा– "वह तुमसे ज़्यादा अच्छा नहीं है।"

पक्की ज़मानत

पीथल हॉउस का मालिक था ठेकेदार वीरेंदर। वह मज़दूर की तरह शहर में आया था और रॉकेट की तरह ठेकदार होने तक पहुँच गया। उसके यहाँ बहुत मज़दूर काम करते थे। यहाँ के मज़दूर ज्यादा मजूरी में भी हल्का काम करते थे फिर इधर पूरब के मज़दूर आने शुरू हुए। उनमें एक बिहार का जोड़ा था रामखेर और उसकी घरवाली का नाम था बजरिया।

हवेली के पिछवाड़े में बने टीन के छत वाले अनेक कमरे थे। ठेकेदार साहब के पास ईंट, सीमेंट और चद्दरों की कोई कमी न थी। इसी सामग्री से एक कतार में कई सारे कमरे बने थे। वे पहले-पहल कच्चे कोरे थे फिर जब औरतें आई तो उन्होंने कमरों के आगे कच्चा आँगन चूल्हा और छोटी सी मेड़ बना दी थी। वे पक्के स्थायी घरों की तरह दिखने लगे थे। एक कमरे के उन घरों में कभी

ज़्यादा ख़ुशी होती तो आलू की जगह पकौड़े तले जाते। हालाँकि रामखेर और उसकी पत्नी दोनों मज़दूरी करते थे मगर कई बार पत्नी सीधे कमरे पर आती और रामखेर बाज़ार होकर घर लौटता था। थके-हारे आदमी में भी कहीं से शाम आए भी ताक़त बची रहती और वह घर लौटते ही अपनी बजरिया के हाथ पकड़ कर बोलता आज इन सुंदर हाथों को सिर्फ़ आराम करना है। अपनी सायकिल से पॉलिथीन की थैली में बाँधकर लाया हुआ गरम खाना बजरिया के हाथों में रख देता। वह सोचती कि मेरा भाग कितना अच्छा है!

वे बहुत ख़ुश थे, जवानी के दिनों में यूँ भी नई शादी के बाद के दिन अवर्णनीय हुआ करते हैं। घर से बहुत दूर थे पर एक-दूसरे में दोनों की दुनिया सिमटी हुई थी।

एक रात को खाना खाने के बाद बजरिया ने बरतन धोने शुरू किए ही थे कि जीप के रुकने की आवाज़ आई। पदचाप घनी होती हुई ठेकेदार साहब के बंगले की तरफ़ बढ़ती ही गई। नयी बात नहीं, गाड़ी-मशीनों का आना-जाना लगा ही रहता है। उसने एक नज़र रामखेर पर डाली। वह अपनी हथेली में तंबाकू मसलता हुआ उसे ही देख रहा था। उसी तरफ़ देखते हुए बजरिया ने सधे हाथ तीसरा बर्तन उठाया तो कमरे की साँकल खड़कने लगी। अपनी चौकड़ीदार लुँगी को कसते हुए रामखेर ने दरवाज़ा खोला। बाहर गाड़ी से उतरे मुस्टंडों ने बजरिया की आँखों के आगे रामखेर को किसी मुर्गे की तरह उल्टा टाँग कर जीप में डाला और अपने साथ ले गए। वह चीखती हुई गाड़ी के पीछे भागी पर सब बेमतलब रहा। बदहवास बजरिया को कुछ सूझा ही नहीं फिर याद आया तो नंगे पाँव ठेकेदार की हवेली की तरफ़ भागी।

हवेली का दरवाज़ा बजरिया के कद से चार गुणा ऊँचा था, बीच में आने जाने के लिए एक छोटा-सा खिड़की जैसा फाटक बना था। वह सर झुका कर हवेली के भीतर चली गई। खेल के मैदान से भी बड़े आँगन के ठीक बीच में ठेकेदार चारपाई पर अधलेटा था। सामने दो-तीन लोग मोढ़ों पर जमे थे। बजरिया ने ठेकेदार के पाँवों को पकड़ लिया और अपनी फटी आँखों से देखते हुए मुँह

से कुछ कहने की हिम्मत जुटाने लगी। उसका भय से भरा चेहरा दयनीय था और किसी संभावित असहनीय मुसीबत की सोच में वह कुछ बोल नहीं पा रही थी। ठेकेदार ने अपने पाँव से उससे दूर करते हुए ठीक से बैठने का कहा और पूछा- "क्या बात हुई?"

"रामखेर को लोग उठा ले गए।"

"कौन थे?"

"पता नहीं।"

"कब ले गए?"

"अभी।"

सिसकियों के बीच ऐसे सवालों का उत्तर देते हुए बजरिया बार-बार कहती रही- "मालिक कुछ करो, पता नहीं कौन लोग थे और क्यों ले गए हैं?"

ठेकेदार ने अपने पास स्टूल पर रखा हुआ फ़ोन उठाया और नज़दीक के थाने के इंचार्ज को वाक़या कह सुनाया। इस बातचीत के हर शब्द पर बजरिया के चेहरे पर आस जागती किंतु हर पल कोई आशंका उसे मिटा देती। कोई तीन-चार मिनट की बातचीत के अंत में ठेकेदार ने फ़ोन पर कहा ज़रा अपना समझ कर पता लगवाइए, हमारे यहीं काम करता है और हवेली के पिछवाड़े में बने मज़दूर कमरों में ही रहता है।

बजरिया को ठेकेदार ने हिम्मत बँधाते हुए कहा- "ऐसे कोई जंगल राज थोड़े ही है कि कोई किसी को उठा ले जाएगा। मैंने थाना में सूचना दी है। वे अभी गाड़ी-गाड़ी जाँचकर पता लगा लेंगे कि कौन लोग थे। तुम चिंता मत करो, घर जाओ, हम कोशिश करते हैं।"

बजरिया भारी पैरों से हवेली का दरवाज़ा लाँघकर सोचती चली जा रही थी कि अब किसको सुनाए अपनी व्यथा? इस परदेस में यही एक मालिक जान पहचान के हैं। उसे याद आया कि जब केबल बिछाने के काम के समय वे यहाँ आए थे कितना अच्छा था। दिन भर परिवार के पंद्रह लोग एक साथ काम करते

और रात को एक थकी हुई मीठी नींद सो जाया करते थे। किसी बात का डर नहीं था और जब रामखेर ने यहीं ठेकेदार के पास रुककर काम करने की बात की तो बड़े भैया बिगड़ पड़े थे। किसके भरोसे यहाँ रहोगे? सच आज वह दिन आ ही गया, कोई है नहीं जिस पर भरोसा बने। संकट में किसके काँधे पर अपना सर रख कर दो आँसू बहा लूँ। कमरे के आगे पहुँचते ही उसकी रुकी हुई हिचकी फूट पड़ी। ओ माँ मैं क्या करूँ.... वह सोचती रही क्या गुनाह किया था और कौन लोग थे? जो मेरे आदमी को यूँ रात के अँधेरे में उठा कर ले गए। उसके साथ जाने क्या करेंगे। इसी सोच में उलझी हुई रात सिसकियों से भीग कर भारी होती गई।

वह रात भर सो न सकी।

एक और रात बीत गई। दिन में दो बार ठेकेदार के यहाँ चक्कर लगा आई। बजरिया ने कहा- "गाँव में किसी से बात करा दो।" इस पर ठेकेदार ने समझाया- "ये सब सुनकर उनको और तकलीफ़ होगी। कौन तुम्हारा बाबा-चाचा कोई नेता-अफ़सर है जो हुक़ुम चला कर पता लगवा लेगा! हम कोशिश कर रहे हैं।"

वह हार कर लौट आई। पानी के दो घूँट भरे हों तो याद नहीं पर उस घड़ी के बाद से बर्तन जूठे ही पड़े हैं। दो ही दिन में फफूँद लग आई है। मिट्टी के तेल की गंध जो हर सुबह शाम कमरे में घुल जाया करती थी, अब कही नहीं थी। खूँटी पर टंगे हुए रामखेर के कुर्ते को देखकर और हिया तड़प उठता। अपने आँसुओं से उस कुर्ते की बाँहें भिगोती हुई वह जाने कैसी मूर्छा में खो जाती कि डर के मारे टीन की छत नीले धब्बों में बदल जाती।

दूसरे दिन की शाम दरवाज़े के पार से कोई उसे आवाज़ देता सुनाई दिया। बजरिया अरी ओ बजरिया... फिर से आवाज़ सुनाई दी तो हिम्मत कर के अपने पाँवों पर खड़ी हुई दरवाज़ा खोल दिया। उसके शरीर में जान नहीं थी लगा कि वह अभी गिर जाएगी। सामने ठेकेदार का मुनीम खड़ा था। उसने कहा- "ठेकेदार बुलवा रहे हैं। रामखेर का पता चल गया।"

बजरिया के बदन में एक बिजली सी जागी। दो दिन रात से भूखी प्यासी देह, हवेली की तरफ़ दौड़ पड़ी। तेज़ दौड़ते चलते हुए उसने इस शुभ समाचार के लिए देवताओं को माना कि तुम्हारे होने से ही ये दुनिया बची हुई है। तुम ही हम सबके रखवाले हो।

मुनीम हवेली तक साथ चला और फिर नहीं दिखा।

हवेली में बड़ा सन्नाटा था। बेत के सोफे ख़ाली पड़े थे। कमरों की रोशनियाँ बुझ चुकी थीं। एक ठेकेदार का ही चेहरा चमक रहा था। उसने बजरिया को बैठने का कहा। उसने खड़े-खड़े ही जल्दी में पूछा, ''सरकार, कहाँ है रामखेर? कौन ले गया इस तरह, क्या ख़बर...''

ठेकेदार ने कहा- ''ख़बर का क्या करेंगे, हमें तो रामखेर के मिलने से मतलब है। अभी थानेदार का फ़ोन आया। उसने बताया कि कोई तार चोरों का गेंग है। उसके साथ मिला हुआ था, पुलिस के हत्थे चढ़ गया। अब उन्हीं के पास है।'

यह सुनकर बजरिया को जिस बिजली के पंख लगे थे, वे झड़ गए। बजरिया का मुँह फट गया- ''मालिक पुलिस नहीं ले गयी थी। दूजे आदमी लोग ले गए थे जबरन।''

ठेकेदार ने कहा मामला गंभीर है, ज़रा नीचे बैठ जाओ। विचारते हैं कि क्या किया जाए?

बजरिया ने अपने पाँव में पहने हुए चाँदी के कड़ों की ओर देखा और सोचा क्या वे इनको पुलिस को दे दे तो वे छोड़ देंगे, रामखेर को। इसके बाद उसने हाथ से कान में पहनी झुमकी को टटोला रो पड़ी। उसके आँसुओं के आँगन में गिरने की आवाज़ नहीं थी मगर ठेकेदार ने जान लिया कि अकेली जान पर क्या बीत रही है।

''रोओ नहीं, मुसीबत है तो समय आने पर टल भी जाएगी। सरकार आदमी के लिए है ना, ज़रूर उसकी रक्षा करेगी।''

"आप कुछ दया कर दो।" डूबी हुई सिसकियों को चीर कर ये शब्द ठेकेदार के कानों में पड़े तो बोला, "ज़रूर करूँगा... अपने गुलाबी पाँवों से चलकर इधर आओ, उधर सब मुसीबत भाग जाएगी।"

सुबह ठेकेदार उसे अपनी जीप में बिठाकर थाने ले गया। लोहे के मज़बूत सींखचों के पीछे कच्छा पहने हुए रामखेर पड़ा था। उसने बजरिया को देखा। वह सब लोगों के सामने नंगा और क़ैद में था। अपनी घरवाली को देखते हुए पाकर जड़ हो गया। उसने ख़ुद को दीवार की ओट में खड़ा किया और चेहरे को खिड़की तरफ़ कर असहाय आँखों से बजरिया को देखने लगा। दोनों की आँखों की कोर पर अटके आँसू मुखर होते उससे पहले ही ठेकेदार की आवाज़ आई। "चिंता ना कर रामखेर कल तेरी ज़मानत करवा देंगे, अब चलो बजरिया।"

बजरिया को जैसे काठ मार गया था, वह हिली नहीं। ठेकेदार ने फिर से कहा तो पाँवों में गिर पड़ी, "हमें यही रहने दो इसके पास में, हम कोठरी के बाहर बैठे रहेंगे और ये अंदर, कल जब ज़मानत होगा तब साथ ही जाएँगे।

लाल फीत वाला मुंशी बोला-"इसने तो ठेकेदार साहब के ही तार चुराए हैं इसलिए अंदर है। ये भले आदमी है जो अब ज़्यादा ज़ोर नहीं दे रहे हैं वरना कभी ज़मानत ना होती। तुमको यहाँ नहीं रख सकते, क़ानून की बात है बिना वजह किसी को कैसे रखें?"

बजरिया कभी मुंशी और कभी ठेकेदार का मुँह देखती रही। उसको विश्वास नहीं हुआ कि जो हमारा हितेषी बनकर मदद कर रहा था सारा कुछ उसी ने किया है। उसको इस तरह अवाक् देखकर रामखेर ने हिम्मत बधाई। "तुम चलो घर। कल हम आ जाएँगे, कोई खा थोड़े ही रहा है हमको।" पथरीली सख़्त ज़मीन से बजरिया उठी और जीप में पीछे जा कर बैठ गई।

ठेकेदार के मुनीम ने ज़मानत दे दी।

ज़मानत के दिन के बाद से हर रात को रामखेर ठेकेदार की सेवा करता। उसके लिए चारपाई बिछाना और फिर शराब के ग्लास बनाना और हुक्का भरना। एक दिन नशे में उकताए हुए ठेकेदार ने रामखेर को ठोकर मारकर गिरा दिया। थाने में उधेड़ी हुई पीठ के घाव हरे हो गए। वह पेट में अपने घुटनों को फँसाए हुए रिरियाता रहा। ठेकेदार को इसमें बड़ा आनंद आया। उसने जहाँ जहाँ कच्ची चमड़ी थी वही रोज़ एक ठोकर मारने का नियम बना लिया। कहता था भगवान की बनाई हुई हर चीज़ हुनर से भरी होती है। कोई चीज़ बेकार नहीं होती, देखो साला ये रामखेर भी लात खा कैसा कलाकार कुत्ता बन जाता है। क्या मस्त कू कू करता है और वह फिर एक लात जमा देता। जब मुक़दमा छूटेगा तब जाकर ये कुत्ते की वाणी बंद होगी।

मुनीम ने ज़मानत दी थी तो उसने अपने दो आदमी रामखेर के पहरे पर लगा रखे थे कि ये कहीं भाग ना जाए। और वह भाग नहीं सका।

विवशता में प्रेम नहीं पनपता। उन दोनों के बीच एक अबोला पसरता गया। साथ में रहते हुए भी अनजान से हो गए। कोई भी अपना दुःख नहीं बाँटता था। टीन की छत से जो आग बरसती थी, उससे ज़्यादा एक में अपमान और दूसरे में लाचारी की आग दहकती रहती थी। एक रात बजरिया रामखेर की पीठ पर बन आए घाव पर नीम की छाल को घिसकर बनाया लेप लगा रही थी। रामखेर ने उसका हाथ पकड़ते हुए कहा, "तुम उदास मत रहा करो, जो हुआ वह बुरा हुआ। हमारे को किसी की नज़र लग गई है। ईश्वर सब ठीक ही करता है, अब ठेकेदार को हमारी पीठ पर लात मारने में मज़ा आना कम हो गया है और दो दिन में और कम हो जाएगा तब आप ही सब ख़त्म हो जाएगा।"

बजरिया ने जब अपने पति की घोर विवशता देखकर इन हालातों के लिए स्वीकृति जैसी बातें सुनी तो उसके चेहरे पर ठहरी हुई उदासी का रंग और गाढ़ा हो गया। अगली रात वह शौच जाने का कहकर कमरे से निकली और हवेली के भीतर पहुँच गई। ठेकेदार भी इस दिन के इंतजार में था कि सब रोज़ के जबरन बुलावे की जगह वह ख़ुद चलकर आए। अपने आप ही मन से मान जाए। रोज़

का डराना न पड़े।

ठेकेदार पहली बार उसे देखकर मुस्कुराया। अब तक वह अपने कड़े चेहरे के साथ ही होता था। बजरिया भी मुस्कुराई। ''मैं आज ख़ुश होकर आपकी सेवा करना चाहती हूँ।''

उस रात क्या-क्या हुआ ये सब अंदाज़ा लगाने की बातें हैं लेकिन सुबह होते ही मालूम हुआ कि ठेकेदार वीरेंदर का पेट बल्लम से फाड़कर उसे मार दिया गया था। बजरिया भागी नहीं थी, वह आकर रामखेर के पास सो गई थी। सुबह जब पुलिस ने उन दोनों को जगाया तब रामखेर ने सोचा मुझे लेने आए हैं तो आगे हो गया मगर बजरिया ने ये कहते हुए रोक लिया कि तुम कहाँ जा रहे हो? तुम्हारी तो पक्की ज़मानत रात को ही मैंने करा दी थी।

एक कुशल बातपोश की तरह कहानी कहने वाला आदमी जब समापन के क़रीब आया तभी सामने बैठे मंझले क़द के आदमी ने उठते हुए बोला- ''हत्यारिन औरतें भी होती ही हैं। सब आदमी ही ऐसा अपराध करते हों ये ज़रूरी नहीं है।''

एक दूसरे श्रोता ने कहा- ''ऐसे काम की तारीफ़ करना ग़लत है। न तो वो ठेकदार सही था न वो बजरिया।''

बातपोश ने कहा- ''आगे सुनो एक मिनट की बात है।''

''मुक़दमा चला, बजरिया जेल में थी और रामखेर बाहर। उसे कभी-कभी शायद दुःख भी होता होगा कि जो काम मरद का था वह नहीं कर पाया। पुलिस ने पैंतरा बदल लिया था। वह रामखेर के पक्ष में खड़ी हो गई और उसने मृतक के विरुद्ध रामखेर से ही मुक़दमा दायर करवा लिया कि ठेकेदार में झूठी रपट लिखवाकर रामखेर को हानि पहुँचाई। ख़ैर एक साल बाद बजरिया की ज़मानत हुई। पीथल हॉउस उजड़ गया, बजरिया अपने गाँव से पेशी भुगतने के लिए

आती-जाती रही। धीरे-धीरे लोग उसे भूल गए।''

इतना कहने के बाद बातपोश न एक पल ठहर कर आगे एक ज़रूरी बात कही।

''स्त्री को कमज़ोर या बलवान कहने से अधिक ज़रूरी है कि हमें परिस्थितियों और मनोस्थिति को समझना चाहिए। वही बजरिया और रामखेर एक बार मुझे ट्रेन में दिखे। एक आदमी सीट को लेकर रामखेर से उलझ रहा था और बजरिया रामखेर से कह रही थी जाने दो अपन कहीं और बैठ जाएँगे।''

श्यामल सखी तेरी

वे लड़कियाँ एक नदी के दो किनारों जैसी थीं। एक किनारा धूसर था, दूसरा उजला। एक किनारा जरा गुदगुदा, दूसरा किनारा पतला और लंबा। वे सफ़ेद और भूरे फूलों जैसी भी कही जा सकती थीं। एक साथ उपस्थित किन्हीं भी दो रंगों में उन लड़कियों को देखा जा सकता था। जिस तरह नदी किसी जगह को दो टुकड़ों में विभाजित करती है, उसी तरह इन लड़कियों का शहर भी दो तरफ़ बँटा हुआ था। इस शहर को कोई नदी नहीं वरन् एक सड़क दो हिस्सों में बाँटती थी। ये सड़क पुराने चुंगी नाके से लेकर कस्टम के नए दफ़्तर तक जाती थी। इस सड़क के दोनों तरफ़ बसे हुए जीवन में इन दो लड़कियों के घर भी थे। एक लड़की सड़क के इस पार रहती थी, दूसरी उस पार। सड़क के इस तरफ़ सफ़ेद झाग जैसी और उस तरफ़ श्याम रंग के पतले काँटे जैसी लड़की रहती थी।

दोपहर का समय था। शहर को दो हिस्सों में बाँटने वाली सड़क पर ट्रैफिक की उल्टी दिशा में चलते हुए सफ़ेद झाग जैसी दिखने वाली धवल ने साथ चल रही, श्यामल का हाथ मज़बूती से पकड़ लिया। उन दोनों लड़कियों ने एक साथ अंग्रेज़ी में कहा– "ओह गॉड!" एक बड़ी कार लगभग चूमती हुई पास से गुज़र गई। तेजी से उन दोनों के हाथ एक–दूसरे के हाथ में आए। तेज़ी से वे अलग भी हो गए।

इस तरह अचानक हाथ छूट जाने से श्यामल को अच्छा नहीं लगा। काश! एक और गाड़ी फिर से ऐसे ही गुज़रे और उसकी दोस्त उसका हाथ फिर से पकड़ ले। वे दोनों कुछ क़दम साथ चलने के बाद अलग हो गईं। अपने–अपने घर जाने के लिए सड़क के बीच से दो अलग किनारों पर चल रही थीं। ठीक उसी समय एक और गाड़ी उनके बीच से गुज़री। श्यामल को लगा कि गाड़ी सड़क के बीच से नहीं वरन् उन दोनों के बीच से गुज़री है। वह गाड़ी धवल से बिछोह की धुँधली होती आखिरी छवि को भी अपने साथ ले गई। धवल अपने घर की गली में मुड़ गई।

वह एक बेकार गली थी जो बेरहमी से नब्बे डिग्री के मोड़ पर मुड़ जाती थी।

गाड़ी सीधे चलते हुए दोनों के बीच से निकल गई थी। ये सोचकर श्यामल को ख़ुशी हुई कि गाड़ी धवल के ऊपर से न निकली और अब वह उससे दोबारा मिल सकेगी। वह गाड़ी धवल की लघुतम छवि को देख पाने में एक बाधा की तरह आई थी। मगर उसका बिना कोई नुक़सान किए गुज़र जाना अच्छा रहा।

धवल ने घर की सीढ़ियाँ चढ़ीं। अंदर जाने का दरवाज़ा खोला। एंट्रेंस के पास ही पीसी पर छोटी बहन खेल रही थी। वह किसी मूविंग ऑब्जेक्ट को निशाना साध रही थी। छोटी बहन ने कोई हरकत न की। धवल ने भी उसे कुछ न कहा। वह सीधे कपड़े बदलने चली गई। धवल ने एक धावकों वाला पजामा डाला, एक हल्का टी–शर्ट पहना और कंबल में घुसकर सो गई।

दोपहर का समय था। गरम दिन थे। उसके पलंग के ठीक ऊपर एसी लगा

हुआ था। बड़े हाल में कोई शोर न था, सिवा इसके कि कोई चिड़िया डेस्कटॉप के स्क्रीन पर शिकार होती तो आवाज़ आती च्याँ। इस च्याँ- च्याँ के सिवा चुप्पी थी।

धवल सुबह जब श्यामल से मिलने गई थी तब वह उसे बताना चाह रही थी कि किसी अजनबी को चुन लेना ज़रूरी हो गया है। क्या कोई अजनबी और सपना एक से नहीं होते? हम ऐसे लोगों को सपनों में देखते हैं, जिनको नहीं जानते। अक्सर ऐसा होता है कि उस पूरे आदमी की कोई हल्की छवि ही देख पाते हैं। या उसकी शक्ल का एक हिस्सा भर याद रह पाता है। ऐसा कम होता है जब हम किसी पूरे जाने-पहचाने को देखें। तो, किसी अजनबी को चुन लेना एक सपना भर देखा हुआ। नासमझी भरा सपना।

श्यामल ने सुबह ही जब धवल को देखा तो ख़ुशी से उछल पड़ी। उसने उसका हाथ पकड़ा और कमरे में ले गई। वे दोनों एक सोफ़े पर बैठ गईं। श्यामल उससे सटकर बैठी। श्यामल का घुटना धवल की जाँघ के बाहरी हिस्से को पूरी तरह छू रहा था।

धवल ने कहा- "शादी ज़रूरी है। किसी आदमी को चुनना ही होता है।"

श्यामल ने कहा- "तुमको क्या लगता है, ये चुनाव करने की बाध्यता किसने बनाई है। आदमियों ने या औरतों ने?"

"हम सब किसी-न-किसी को चुनकर उसके साथ रहते ही हैं।"

"आदमी किसी औरत को क्यों चुनता है?"

धवल कुछ नहीं कहती। वह अपने दोनों बाजुओं को बाँधते हुए उसकी तरफ़ देखने लगी। श्यामल ने भी उसी को देखा। फिर से पूछा- "क्यों चुनता है?" श्यामल इस तरह देख रही थी। जैसे उसने उत्तर दे दिया है। जबकि उसने सिर्फ़ सवाल भर किया था।

धवल असमंजस में थी- "क्या आदमी सचमुच किसी औरत के पास आता है या ये भी एक स्वप्न भर है। एक बुरा या अच्छा स्वप्न। स्वप्न ही वह जगह है

जो हमें हमारी इस भूल की ओर संकेत करती है कि भौतिक जान-पहचान का हमारा हिसाब बहुत एकतरफ़ा है।''

श्यामल इसी बात का एक सिरा पकड़ना चाहती है- ''जैसे कि स्वप्नों में अनजाने लोग ही सबसे ज़्यादा उपस्थित होते हैं। इसी तरह आदमी को भी कोई नहीं जान सकता।''

''नहीं, एक से अधिक जगह पर होने में किसी एक का रोल थोड़े ही होता है।''

''एक का नहीं होता होगा मगर धोखा तो आदमी ही देता है, वही तो छोड़कर जाता है।''

''औरत भी जा सकती है छोड़कर, वह भी धोखेबाज़ हो सकती है।''

श्यामल कुछ समझ रही थी या उसको कोई आशंका घेरने लगी थी। खीज की ओर बढ़ने लगी- ''आदमी असल में धोखेबाज़ होता है। औरत धोखेबाज़ नहीं होती। अगर औरत धोखेबाज़ होती है तो तो फिर आदमी औरतों के जीवन में क्यों आते हैं?''

''मेरी बात को सुनो कि जैसे जिस व्यक्ति से हमारा लगभग न्यूनतम या न के बराबर संवाद होता है, उसे हम अपने स्वप्न में उपस्थित पाते हैं। हम ये सोचते हैं कि इस व्यक्ति से कोई वास्ता नहीं मगर वह इस अजाने संसार में निकटतम रूप में उपस्थित होता है। तो क्या जो आदमी हमारी ज़िंदगी में आएगा, वह पूरा हमारे साथ रहेगा? और ऐसा ही होता हो तो कई बार किसी के पूरे साथ होने पर भी कोई और सपने में क्यों आता है। भले थोड़ा-सा ही सही।'' श्यामल का घुटना अब धवल की जाँघ के ऊपर था।

श्यामल को सब बातें उलझती हुई लगीं। वह जो बात सीधे कहना-समझाना चाह रही थी उससे अलग विषय पर धवल बोल रही थी। श्यामल ने उसकी हथेली को अपने दोनों हाथों में लिया और सहलाने लगी- ''औरत किसी दूसरे आदमी को नहीं सोचती। आदमी ख़ुद चला जाने के लिए बना होता है। वह अनेक-अनेक जगहों पर आता-जाता है। तो जिसके साथ हम रहते हैं, वह भी उसी तरह कहीं

जाता है। कोई सबसे कम पहचान का अजनबी हमारे जीवन में कई बार आ जाता है। वो भूल से नहीं आता, ये सब आदमी जानबूझकर ऐसा करते हैं।''

धवल ने अपना हाथ खींचकर वापस दूसरे हाथ के साथ बाँध लिया।–''मेरे घर की लगभग सब औरतें किसी अनजाने पुरुष से बात नहीं करतीं। उन्होंने कभी बताया नहीं कि उनके सपने में कोई अजनबी आया था। फिर तो बहुत औरतें ऐसी हैं जिन्होंने किसी आदमी के साथ रहते हुए किसी अजनबी को न सोचा या पास न आने दिया होगा।''

श्यामल थोड़ी निराशा से सोफ़े से खड़ी हुई। उसने धवल का हाथ पकड़ा और रसोई की तरफ़ खींचने लगी। धवल नंगे पाँव रसोई की ओर उसके साथ चल पड़ी। श्यामल ने पूछा – ''कुछ गरम बनाएँ?'' धवल ने कहा– ''चाय नहीं, कॉफ़ी।''

धवल ने मग हाथ में लिया। वह कॉफ़ी और चीनी को फेंटने लगी। श्यामल ने उसके सफ़ेद कुर्ते की किनारी को अपनी अँगुलियों से टटोलते हुए ज़रा-सी ख़ुशबू अँगूठे पर लपेट ली। उसकी आँखें धवल के चेहरे पर ही टिकी थीं। उसने एक-दो बार दाएँ-बाएँ देखा। उसने अँगूठे को किसी चोर की भाँति अपने होंठों के पास रखा और सूँघ लिया। एक बार उसकी आँखें धीरे से बंद हुईं और फिर अचानक चमक कर खुलीं– ''तुमको ये जानकर आश्चर्य होगा कि दूर के रिश्ते की मेरी एक बुआ ने हर आदमी को ठोकर मार दी थी। वे अपने पापा और भाइयों से भी नहीं मिलती थीं। एक बार आदमियों की दुनिया से चली गईं तो कभी लौटकर न आईं। वे जहाँ रहती थीं वहाँ सब रिश्तेदार जाते किंतु उस घर में उनको अकेले काम करते हुए देखकर लौट आते। किसी की हिम्मत न होती कि उनसे बात करे या उनके घर में जाए।'' ऐसा कहते हुए श्यामल के हाथ आपस में ख़ुशी से बँधे हुए थे। वह आँखें बंद किए छत की तरफ़ देख रही थी।

श्यामल की बातें सुनते हुए धवल को कोई ख़ुशी नहीं हो रही थी। फिर भी उसे ख़ुश देखकर अच्छा लगा। वे दोनों फिर से सोफ़े पर बैठ गईं। श्यामल ने ख़ुशी में अपना कंधा धवल के कंधे से सटा लिया– ''कहीं कुछ है तो सही, मगर वह क्या है ये अभी मालूम नहीं।''

"क्या?"

"यही कि... जाने दो।"

धवल एक ख़ास तरह से उठती-बैठती थी। उसमें हर काम के करने को लेकर सलीक़ा था। एक चौकन्नापन। किसी ढब में बँधा हुआ बैठना, चलना और बोलना। उसके कपड़े चुनने में भी संभ्रांत होने का भाव आता था। उसके पास जींस-टीशर्ट जैसे अनेक-अनेक परिधान थे। वह अक्सर उनको घर में पहनती थी। बाहर जब भी निकलती स़फ़ेद रंग का सलवार कुर्ता पहना होता। चिकन का काम जिसे कहते हैं, उसी सुई-धागे की कला को देखकर पहचाना जा सकता था कि ये कुर्ता अलग है। कल जो पहना था वह दूसरा था। ये स़फ़ेद सलवार कुर्ते इतने दोषरहित होते थे जैसे पहली बार पहने गए हों। उनकी स़फ़ेदी और कपड़े का नयापन सबका ध्यान अपनी ओर खींच सकते थे। जब वह श्यामल के पास पहली बार आई थी तब भी उसने ऐसा ही सलवार कुर्ता पहना हुआ था।

उसे समाजशास्त्र के नोट्स चाहिए थे। उसकी प्रोफेसर मैम ने श्यामा सिंह का पता दिया था। एक साल सीनियर है। फलाँ जगह रहती है। बड़ी अच्छी लड़की है। मैम ने फ़ोन नंबर भी दिए थे। लेकिन जब फलाँ जगह रहने का मालूम हुआ तो उसे ख़ूब आश्चर्य हुआ कि पड़ोस में सड़क पार रहने वाले इस परिवार के एक भी आदमी-औरत को वह नहीं जानती थी।

धवल ने डोरबेल बजाई। दरवाज़ा खुलते ही धवल ने देखा कि सामने एक थोड़े गहरे रंग की बड़ी आँखों वाली दुबली-सी लड़की खड़ी थी। धवल ने पूछा- "श्यामा सिंह?" श्यामा "हाँ" कहकर उसे देखती रह गई। धवल ने अपना हाथ आगे बढ़ाया- मैं सुहानी जिंदल हूँ। आपसे फ़ोन पर बात हुई थी। इसके पल भर बाद वे दोनों दोस्त हो गई थीं। हर जगह साथ दिखाई देती थीं। उनकी सुबहें और शामें एक साथ होती थीं।

उनमें से किसने किसे अपनी तरफ़ खींच लिया था, ये कहना कठिन था। धवल में क्या ख़ास था, ये उसकी दिनचर्या से नहीं जाना जा सकता था। वह सुबह जागती। नाश्ता करती। कोई किताब पढ़ती और फिर नहाकर सो जाती थी। दोपहर

बाद जागती तब दिन का भोजन करती और शाम ढले अपने कंप्यूटर पर कुछ एक मामूली चीज़ें देखती। ये कोई ख़ास काम न था। उसने कुछ-एक वेब-पन्नों पर अपनी उपस्थिति बना रखी थी। उन पन्नों पर अनजाने लोग आते थे और कुछ लिख-पूछकर चले जाते थे। वह कुछ-एक को जवाब देती थी। ज़्यादातर को कोई जवाब नहीं देती। उसके पास कई सारे अनुत्तरित संदेसे बरस भर से पड़े थे। उनपर नए अनुत्तरित संदेसे चढ़ते जाते। वह कभी-कभी गोरे लड़कों को देखा करती थी। बर्फ़ के देशोंवाले गोरे लड़के। कुछ को वह संदेसे भेजती और कुछ को सिर्फ़ देखती। रात का भोजन करके वह फिर से अपने उसी बिस्तर में घुस जाती।

श्यामल के आने से ही उसका कहीं बाहर निकलना होता था। इसके सिवा बिस्तर के पास की बंद पड़ी रहने वाली खिड़की में नावेल रखे होते। पाँच-सात सौ भूरे पन्नों की उस दुनिया में वह नियम से प्रवेश करती और कुछ घंटों बाद बाहर आ जाती थी। घर के लोग जब किसी पार्टी में जाते तब वह ज़रूर बाहर जाया करती थी। उसी सफ़ेद परिधान में।

कुछ रोज़ पहले दोपहर की तन्हाई में धवल और श्यामल के पास कोई न था। उपन्यास के किसी पात्र से चलती हुई चर्चा आत्मा और रूह पर आ गई। धवल ने कहा कि उसे लगता है रूह जैसी कोई चीज़ होती है। वह सबकुछ जो होता है और जिसके कारण समझ में न आएँ, वह रूह का किया होता है। हम जिसे ग़लत समझते हैं, उसी से बात करने को कौन उकसाता है? वह हमारी रूह ही होती है। श्यामल ने जब ऐसी बातें सुनी तो कहा कि तुम मेरी रूह-सा प्यारा बच्चा हो। मैं अक्सर डर जाती थी कि सिर्फ़ मैं ही ऐसा सोचती हूँ। हमें ये मान लेना चाहिए कि वह व्यक्ति जो हमारे साथ है असल में कहीं और भी होता है। मगर हमारी समझ सिर्फ़ भौतिक उपस्थिति को चीन्हती है। हम उस उपस्थिति को कभी चीन्ह नहीं पाते हैं, जो चेतन मन के दूसरी ओर दर्ज़ हुई है।

उस दिन वे दोनों ख़ूब ख़ुश रही थीं।

उनका रिश्ता रेत जैसा कोमल था। रेत तलवे नहीं छीलती मगर उसपर आगे बढ़ने में अधिक परिश्रम करना पड़ता है। वे दोनों जिनके बारे में बातें करती थीं वे आदमी पहाड़ की तरह सख़्त थे। उनपर आसानी से क़दम जमाकर आगे बढ़ा

जा सकता था। किसी भी आदमी के साथ होना पहाड़ पर चलने जैसा ही था कि बहुत जल्दी पैरों के तलवे कच्चे पड़ जाते। वे आगे बढ़ने से रोक लेते।

उन दोनों सखियों की बातों में वस्तुतः जो कुछ भी था, वह दुधारी था। उसकी दो परतें थी। उसके दो परिणाम थे। इकहरा कुछ नहीं था। सुबह धवल जो बात करने गई थी वह कह न पाई। आदमियों के प्रति श्यामल के दृढ़ विरोध को देखते हुए बात को टाल दिया। धवल ने घर पहुँचकर श्यामल को फ़ोन किया। उससे कहा कि वह यहाँ आ जाए। श्यामल भी चिंतित थी कि कुछ बुरा होने को है इसलिए वह किसी भी तरह धवल के पास जाने का बहाना सोच ही रही थी। इस फ़ोन के आते ही वह प्रसन्न हो गई।

श्यामल जब घर पहुँची तो वहाँ उसको कुछ तस्वीरें दिखाई गई। ये फोटो स्टूडियो में खिंचवाई गईं एक लड़के की तस्वीरें थीं। उसके बाल से लेकर जूते तक सब चमक रहे थे। चेहरे पर लाली थी। आँखों में शरारत थी। श्यामल ने जैसे ही तस्वीरें हाथ में लीं उसके चेहरे का रंग ज़र्द हो गया। लेकिन उसने कुशलता से ऊँची आवाज़ में बोलना शुरू किया- "ओह वाव! ये वाला मुझे दिला दो कोई।" उसने दो-तीन बार धवल और उसकी छोटी बहन के सामने एक आँख मींची।

धवल की मम्मी आ गईं- "बेटा कैसा लग रहा है?"

श्यामल चहक कर बोली- "विनोद खन्ना लग रहा है। लाइफ़ बन जाए टाइप।"

जब श्यामल इस तरह का रिएक्शन दे रही थी तब धवल उसे हैरत से देख रही थी। आज सुबह ही श्यामल ने कहा था, वह बुआ की तरह रहेगी। आदमी जात गंदी होती है। उनको कभी अपने पास न फटकने देगी। अब वह ख़ुश होकर चहक रही थी। धवल का जी उदास हो गया। वह उसकी सबसे अच्छी नहीं वरन् इकलौती दोस्त भी थी।

लड़के के फोटो वहीं पलंग पर बिखरे रहे। श्यामल वापस अपने घर चली गई और धवल कंबल ओढ़कर सो गई।

घर लौटते हुए श्यामल ने एक धमाका सुना। ये कोई धमाका न था। ये किन्हीं

दो चीज़ों के टकराने और फिर बिखर जाने की आवाज़ थी। श्यामल का जी घबरा उठा। ये अगर दो के आपस में टकराने और फिर बिखर जाने की आवाज़ है तो वे दोनों भी तो दो ही हैं। क्या वे आपस में टकरा गई हैं ? और एक-दूजे से दूर बिखरती जा रही हैं।

श्यामल, पल में जिस सदमे में आई थी पल भर में उससे बाहर भी आ गई।

उसने हादसे वाली जगह पर एक आदमी को देखा तो उसे लगा कि ये वही जाता हुआ आदमी है। आदमी जो किसी को छोड़ जाते हैं। श्यामल के मन में जाते हुए लोगों की एक छवि थी जो उसे भयभीत करती थी। उसने दो लोगों को इस शक्ल में देखा था। एक बार अपने पिताजी को देखा था। वे माँ के रुक जाने के निवेदन ठुकराकर वे सीढ़ियाँ चढ़कर ऊपर चले गए थे। जैसे ही माँ को मालूम हुआ कि सामने के कमरे में बेटी जाग रही है तो वे एकदम चुप हो गई और घर में रात का सन्नाटा बिखर गया। कमरे से माँ की आवाज़ आना बंद होने के बाद घर भयावह अँधेरी गुफा हो गया था। दूसरी बार पड़ोस में एक आंटी और किसी आदमी को तहमद के लिए खींचतान करते हुए। उस खींचतान के बाद आदमी चुप था और आंटी रुआँसी। वह तहमद वाला आदमी खिड़की के पीछे कहीं खो गया था और देर तक दिखाई नहीं दिया था।

धवल के घर से लौटते हुए श्यामल ने सोचा कि जो टकराकर बिखर जाने की आवाज़ उसने सुनी है वह पूर्व निर्धारित थी। क्या ये कोई ईश्वरीय संकेत है कि जल्दी ही कोई छोड़कर चला जाने वाला आदमी आएगा और धवल उससे दूर हो जाएगी।

श्यामल हाँफने लगी।

वह जल्दी से अपने घर पहुँच जाना चाहती थी। सड़क से पचास क़दम दूर अपने घर तक पहुँचने के लिए श्यामल ख़ुद को घसीट रही थी। जैसे उसके बदन में किसी ने पत्थर भर दिए थे। इसी सड़क पर रेडियो की दुकान से लेकर स्कूल के पिछवाड़े तक उसको जाना था। इस दूरी के ठीक बीच में एक प्याऊ था। श्यामल को लगा कि उसे बहुत सारा पानी चाहिए। वह प्यासी है। उसे फिर

से नासमझी ने घेर लिया कि अगर वह पत्थर की हो गई है तो पत्थरों को पानी कहाँ चाहिए!

वह प्याऊ अपने गौरवशाली अतीत के साथ पुण्य के घमंड में सीधे तना हुआ खड़ा था। लड़की ने उसके पास पहुँचते ही सोचा कि वह स्वर्ग-नरक के बीच आख़िरी दुनियावी चीज़ के पास है।

एक कुत्ते की लंबी हूक ने फिर से उसे डराया। श्यामल को कुत्ते का रोना किसी अनिष्ट के निकट आते जाने की चेतावनी की तरह लगा। इसी चेतावनी से घबराकर या उससे सहमति जताते हुए कई कुत्तों के छोटे स्वरों की जुगलबंदी सुनाई दी।

उसने प्याऊ के पास से दौड़ लगाई। उसने अपने पर का दरवाज़ा खटखटाया। अंदर से कोई आवाज़ न आई। श्यामल का डर बढ़ता ही गया। उसने किसी प्रेमी के बाँहों में कूद जाने की तरह दरवाज़े में पनाह लेनी चाही मगर दरवाज़ा अंदर से बंद न था। दरवाज़ा खुला और वह आँगन में गिर पड़ी। जब आँख खुली तो पाया कि कुत्ते शांत हो गए थे। अब कोई एक-दो आवाज़ें रह-रहकर आ रही थीं। वे आवाज़ें सिर्फ़ उन कुत्तों के होने भर का संकेत थीं।

श्यामल ने अपनी ताक़त जुटाई और वह आगे अपने कमरे की तरफ़ गई। उसने तुरंत कमरे का दरवाज़ा बंद किया। दरवाज़े के सामने की दीवार से पीठ टिकाई और लंबी साँस लेने लगी। दो चीज़ों के आपस में टकराने और बिखरने, भारी प्यास लगने और कुत्तों के रोने की आवाज़ें जा चुकी थी। या वे आवाज़ें और प्रभाव बाक़ी थे मगर उनसे वह चेतावनी जा चुकी थी जो किसी अनिष्ट की ओर संकेत था।

श्यामल की चेतना का अल्पांश लौटा।

उसने अपने पाजामे में हाथ डाला और फ़ोन निकाला। उसने तुरंत फ़ोन का स्क्रीन ऑन किया। उस पर दो चेहरे चमकने लगे। एक धवल और एक श्यामल का। धवल फ़ोन में मौजूद थी। उसने कॉन्टेक्ट्स खोले। धवल के चेहरे पर आहिस्ता से अपना अँगूठा फेरा। उसने रिंग करने से पहले एक लंबी साँस ली।

उसी समय श्यामल की माँ की आवाज़ आई।

"श्यामा, श्यामा!"

डर, बिछोह और हाँफ से भरी हुई श्यामल ने फ़ोन जेब में रखा। चेहरे की ज्यामिति को दुरुस्त किया। उसने अपने दोनों अँगूठों से होंठों को खींचा। दोनों हथेलियों से गालों को रगड़ा। लोवर को ऊपर, अपर को नीचे किया। छातियों पर हाथ रखकर उनका कंपन बंद किया। दो बार भौंहें ऊपर कीं और दरवाज़ा खोलकर बाहर आ गई।

"हाँ माँ?"

"क्या कर रहा था बच्चा?"

श्यामल का मुस्कान और ख़ुशी से भरा हुआ चेहरा कोई गीत गाने लगा। उसने लगभग लहराते बलखाते हुए माँ को पीछे से पकड़ा– "तुम कहाँ चली गई थी?"

माँ ने उसके हाथों पर हाथ रखे हुए कहा– "मैं कहीं भी जाऊँ, तुम ख़ुश रहती हो?"

"हाँ, माँ ख़ुश क्यों न रहूँ। तुम जो हो मेरे साथ।"

"क्या उम्र भर माँ के साथ ही रहोगी?"

"तुम हुकुम करो माँ अभी चली जाऊँ किसी दूल्हे के पीछे शर्माती सिकुड़ती हुई।" इतना कहकर वह उछली और सोफ़े पर बैठ गई। माँ ने फिर ख़ुशी और शक से उसे देखा।

दोपहर बीत चुकी थी। धवल से बिछुड़े हुए दो घंटे हो गए थे। श्यामल ने धवल को फ़ोन किया– "मेरे घर आ जाओ।"

धवल के मन में ख़ूब अचरज था कि आज श्यामल ने कैसा बिहेव किया। जाने उसके मन में और मुँह पर इतनी अलग बातें कैसे आ जाती हैं। यही सोचते हुए उसने बिना किसी ख़ुशी के कहा– "देखती हूँ।" फ़ोन रखने के बाद वह कुछ देर सोचती रही फिर उसने तय किया कि हो आना चाहिए। वह उसके घर पहुँची।

श्यामल के पापा और माँ टीवी देख रहे थे। वह अपने कमरे में थी। धवल कमरे में गई और पलंग के पास रखी कुर्सी पर बैठ गई। श्यामल चुप बैठी रही।

थोड़ी ही देर में उसने तकिये के पास से कुछ अख़बार और पत्रिकाओं की कतरनें निकाल कर धवल की ओर बढ़ा दीं।

धवल ने उन कतरनों को देखा। उसके माथे पर लकीरें बनती गईं- ''ये क्या हुआ है तुमको! यही सब सोचती रहती हो?''

''ये मैं सोच नहीं रही, ये अख़बारों और पत्रिकाओं में लिखा है। छपा हुआ है। सच है।''

''ये पागलपन है।''

''ग़लतियाँ सब आदमियों की है और पागलपन मेरा है?''

''ये मामूली बातें हैं।''

''तुम इनको मामूली बातें कहती हो। मार डाला। टुकड़े किए। जलाया। भोगा। धंधा करवाया। छीः! तुम इनको मामूली कहती हो?''

''नहीं, मैं इनको मामूली नहीं कहती हूँ। असल में ये कम ही लोग हैं जो ऐसे हैं बाक़ी दुनिया में कितने लोग है!''

''कम हैं। माने तुम उस विनोद खन्ना टाइप वाले के पास जाकर देखना चाहती हो कि एक और होगा या नहीं?''

''क्या हुआ है तुमको?''

''मुझे इन सबसे नफ़रत है।''

उन दोनों में श्यामल की आवाज़ ऊँची थी। माँ अंदर चली आई- ''क्या हुआ बच्चों?''

श्यामल के चेहरे पर हल्की-सी ख़ुशी आ चुकी थी। उसका रंग तेज़ी से बदल गया। श्यामल ने माँ का हाथ पकड़ा और पलंग पर बिठा लिया- ''देखो तुम्हारी इस दूसरी वाली बेटी के लिए एक रिश्ता आया है और ये मान नहीं रही।

मैं कहती हूँ मेरे लिए होता तो मैं अब तक ख़ुद उसके पास पहुँच जाती।'' ऐसा कहते हुए श्यामल माँ की गोदी में गिर पड़ी। वह हँस रही थी।

माँ मुस्काई और बाहर चली गई।

माँ के जाते ही श्यामल का चेहरा फिर से उदासी से भर गया।

ये सब देखते हुए धवल फिर हतप्रभ। वह खिन्न भी हो गई थी। उन दोनों के बीच का रिश्ता लिजलिजा हो रहा था। कुर्सी से उठकर उसने कहा- ''मैं जाती हूँ।''

श्यामल पलंग से उठी और उसे चूमने लगी। चूमते हुए एक-दो बार बोली- ''तुमको कुछ नहीं होना चाहिए। तुम मेरी इकलौती दोस्त हो।'' धवल ने अपने आपको छुड़ाया- ''कुछ नहीं हो रहा किसी को।'' वह तेज़ी से कमरे से बाहर निकल गई।

उसके जाते ही श्यामल ने अपना फ़ोन और पर्स लिया। वह भी तेज़ क़दमों से बाज़ार की ओर चली गई। लौटकर आई तो उसके पास एक सफ़ेद सलवार कुर्ता था। एकदम नया। वही चिकन कढ़ाई वाला। एकदम कुँआरा। उसने कैरी बैग को एक तरफ़ टाँग दिया। रात का खाना खाने गई।

रात के खाने में वे तीनों एक साथ थे। माँ, पापा और श्यामल। माँ ने श्यामल के पापा से कहा- ''जिंदल साहब ने लड़का खोज लिया है। आज श्यामल उसकी तस्वीर देखकर आई है।'' श्यामल के पापा ने खाना खाते हुए ख़ुशी ज़ाहिर की। उन्होंने एक बार अपनी बेटी की तरफ़ देखा। श्यामल मुस्कुराने लगी-''आपका प्लान भी समझ आ रहा है मुझे।'' वे तीनों हँसने लगे।

रात का अँधेरा आ चुका था सिर्फ़ बत्तियाँ गुल होनी थीं।

श्यामल बिस्तर से आहिस्ता उठी।

जब पागलपन मोड़ लेती किसी जवाँ नदी की तरह उफान लेता हो तो इसे हर जुबाँ में कुछ तो कहा जाता ही होगा। असल में, देखो तो धूल उड़ती ही जाए और कच्चे रास्ते से गुज़रते रेवड़ की तरह बेचैनी की पूँछ न दिखाई दे। बिना किसी

दुःख के ज़िंदगी बोझ-सी हो जाए। न ठहरे न गुज़रे।

श्यामल के मन में जाती हुई धवल ठहर गई थी। वह सिर्फ़ और सिर्फ़ धवल को ख़ुद से दूर जाते हुए देख रही थी।

श्यामल ने रात के अँधेरे में मुँह देखने का छोटा आईना हाथ में लिया। वह अपना मुँह देखते हुए कहने लगी- "आदमी जिसे प्यार करना कहता है वह उसका बदन की भूख मिटाना है। वह धवल को चूमेगा। धवल के क़रीब आएगा। धवल से..." उसने एक झटके से आईना फेंक दिया। आईना कहीं बिस्तर पर ही गिरा कि कोई आवाज़ न आई।

"सुनो आईने, मेरी धवल के हल्के और ज़रा ख़ुशी भरे क़दम रखना। उसके लिए मेरे जैसी नरम नाज़ुक अँगुलियाँ रखना। उसका एक आदमी न बनाना, जो उसे जीवन भर भोगता जाए। उसके मन को न सुन सके।"

आईने ने कोई जवाब नहीं दिया।

"बदतमीज़! धवल भी तो नहीं समझती मेरी बात..."

उसने अपने नाइट-अपर को एक तरफ़ फेंका। दोनों पाँवों को नर्तक की तरह बनाया। हाथ सर के ऊपर कमल के फूल की तरह किए। बारी-बारी से एक पाँव उठाने और रखने लगी। वह लयबद्ध होने लगी। उसका नर्तन द्रुत की ओर बढ़ने लगा। उसके होंठ कोई प्रार्थना बुदबुदा रहे थे। वह निर्मल हो रही थी। जैसे बुद्ध के ललाट से चाहतो के रेशे छिटक कर गिर रहे हों। ग्रीक देवों की नाक तीखी नोंक वाली क़लम में ढल रही हो। ऐसी तीखी जिससे दुआएँ लिखी जा सकें। प्रार्थना स्थलों के प्रवेश द्वारों और भित्तियों पर कमनीय सौंदर्य स्वतः आकार ले रहा हो।

वह तेज़ से तेज़ होती गई। उसने कभी नृत्य की शिक्षा नहीं ली थी लेकिन वह निष्णात जान पड़ रही थी। वह अचानक दीवार से टकराई और बिस्तर पर गिर पड़ी।

वह होश में थी मगर थककर चूर। उसने अपना फ़ोन खोजा। धवल को एक

मैसेज किया। "जीवन व्यक्ति का निजी है। इसे किसी के साथ मत बाँटों।" फ़ोन के निचले कोने से ऊपर की तरफ़ मैसेज जा चुका था। जैसे कोई परिंदा उड़ता हुआ तिरछा चला गया हो।

उसने जवाब का इंतज़ार किया। उसने करवट बदली। फिर से करवट बदली। फ़ोन को देखा। पलंग से उठ बैठी। टहलकर देखा। जवाब नहीं आया। उसने कहा- "आओ।" जवाब फिर भी नहीं आया। उसने कहा- "मैं रो पड़ूँगी।" मगर फ़ोन में कुछ हलचल न हुई।

उसने कमरे की बत्ती ऑन की। कैरी बेग से सफ़ेद सलवार कुर्ता निकाला। उसे हेंगर में दीवार पर टाँगा। वह तेज़ी से स्याही के पेन को तलवार की तरह चलाने लगी। सफ़ेद कुर्ते पर गहरी नीली लकीरें बनती गई। छींटे फैलते गए। उसकी आँखों से उबलते हुए आँसू टप-टप गिरते गए। कुर्ता और सलवार बीच से पूरे बदरंग हो चुके थे। कहीं-कहीं मामूली छींटे थे।

आख़िरकार उसके हाथ थक गए और पेन आँगन में गिर पड़ा।

श्यामल ग़ुस्से भरी बेहद थकी हुई बिस्तर पर पड़ी थी। उसने देखा कि वर्जित रेखा के पास हवा में शैतान स्थिर था। आदमी ही असल में शैतान था। बुझती हुई आँखों में उसे भस्म जंगल की ज़मीन से फूटती हरी कोंपलें दिखीं। अग्नि नृत्य में मृत्यु को चूमकर पुनः जीवित होता पंछी दिखा।

वह फिर से लरज़िश भरे क़दमों से दीवार की तरफ़ गई जहाँ सलवार कुर्ता दुश्मन सिपाही की डमी की तरह टँगे हुए थे। उसने स्याही से गीले हुए कुर्ते को इस तरह बाँहों में भरा जैसे वह धवल ही है। उसने अपना मुँह कुर्ते में डाल दिया। कुर्ते की ताज़ा स्याही से उसका मुँह नीला हो गया। चेहरे पर लगा स्याही का गीलापन छूते ही वह मुस्कुराई- "मैं तुमको कहीं नहीं जाने दूँगी।"

उसने फ़ोन उठाया और रिंग की।

धवल ने कहा- "हैलो।" जवाब में धवल को एक सरगोशी सुनाई दी- "आई लव यू, आल द बेस्ट।" धवल सोच में पड़ गई। वह अचंभों और अनिश्चितता से घिरी हुई थी- "लव यू टू।"

जादू भरी लड़की

आप तो आधुनिक हैं इसलिए जादू में विश्वास नहीं करते होंगे। ख़ासकर अगर किसी लड़की का ज़िक्र आए तो विश्वास करने की आशा और कम हो जाएगी। वैसे कुछ लोग जानबूझ कर नहीं मानते कि जादू भरी लड़कियाँ होती हैं। लोककथाओं में झबरैले बालोंवाली, लंबी नाकवाली जादूगरनियाँ थीं। उनके बारे में कहा जाता था कि वे असल में ख़ूब बूढ़ी हुआ करती थीं। वे नवयुवती का रूप धरकर नौजवानों को अपने जादू में बाँध लेती थीं। उनके जादू से बचकर कभी-कभी ही कोई भाग सकता था। अधिकतर नौजवानों की प्रेयसियाँ दर्द भरे बिछोह के लंबे गीत गाती हुई उनकी प्रतीक्षा करती रहती थीं। इसके अलावा जादू का होना आप तब मान लेते हैं, जब आप अपना धन खर्च करके प्रियजनों के साथ जादू का कोई तमाशा देखने जाते हैं।

ये जादुई लड़की जिस बिल्डिंग में रहती थी, उसमें रहने वाले सब लोग उदास रहते थे। ये बिल्डिंग जिस शहर में थी उसकी रवायत ही ऐसी थी कि लोग रात होते ही घरों से बाहर निकल जाते थे। क्या वे किसी बात से डरकर रोशनी और भीड़ भरी जगहों की ओर भाग जाते थे? ये पक्का मालूम न था। सिलसिले से कारें बिल्डिंग के मेन गेट से बाहर-अंदर की ओर जाती हुई दिखती थीं। इन कारों में सवार होकर भागे हुए कुछ लोग तो सुबह होने से कुछ समय पहले बिल्डिंग में लौटते थे। इसके बाद वे दोपहर तक सोये रहते थे।

कुछ लोगों का कहना था कि इस भव्य गगनचुंबी बिल्डिंग के तहखाने के नीचे कोई गाँव दबा हुआ था। उस गाँव की एक प्रतीक्षारत नवयुवती के विरह भरे गीत यहीं छूट गए थे। वे गीत लोगों में उदासी भरते थे।

इस बिल्डिंग में रहने वाले लोगों के पास धन था, समय था और रिश्ते भी थे फिर भी वे भागे-भागे फिरते थे।

सात सौ फ्लैट वाली बिल्डिंग में सुबह हुई नहीं थी। सुबह के होने से दो घंटे पहले ही लड़की की आँख खुल गई थी। वीक-एंड की शुरुआत की रात भागे हुए लोगों की गाड़ियाँ वापस आ चुकी थीं। वह लड़की कहीं न गई थी। सुबह होने से पहले के इस समय वह रात के लैंप की रोशनी में दीवार को देख रही थी। एक निर्जीव दीवार उसे ख़ूब सजीव जान पड़ रही थी। दीवारें कैसे सजीव हो सकती हैं, ये कहते हुए आप बिदक जाएँगे। लेकिन वह दीवार ख़ूब जीती-जागती लग रही थी। ऐसा लग रहा था जैसे कोई सहारा चाहिए और उसे दीवार पूरा कर रही है। वह दीवार अटल खड़ी है। उसका साथ दे रही है। उसे देखते हुए अच्छा लग रहा है। उस पर दो फ्रेम टँगे हुए हैं। एक में पहाड़ के कटाव के पास बहती हुई बलखाती नदी और आस-पास हरियाली है। दूसरे फ्रेम में ऊँची पुरातन इमारत के आगे बैठे हुए मज़दूर दिखाई दे रहे हैं। वह अपलक दोनों फ्रेम में समाये निर्जीव जीवन के अक्स को कम और दीवार को आशा भरे भाव से ज़्यादा देख रही थी। उसकी आँखें इस तरह लगी थीं जैसे कोई बच्चा माँ की गोदी में लेटे हुए दूर आसमान में कहीं अपनी नज़र लगाकर स्थिर हो गया हो। ये कितना आश्वस्ति भरा होता है। बच्चे को जब कभी उसकी माँ इस तरह खोया हुआ देखती है तो

उसे हल्के से प्यार भरी चपत लगाकर उसका सम्मोहन तोड़ देती है। लेकिन दीवार चुप खड़ी थी।

बिल्डिंग में तेरहवाँ फ्लोर नहीं था। फ्लोर्स के नंबर के हिसाब से बारहवें के बाद चौदहवाँ माला आता था। लेकिन नीचे से ऊपर गिनो तो वह तेरहवें माले का एक फ्लैट था। तेरहवाँ माला ग़ायब होकर भी असल में ग़ायब होने से ज़्यादा उपस्थित था। माले का नाम चौदहवाँ और असल में तेरहवाँ फ्लोर। तेरह अपशकुन में आता था इसलिए बारह से सीधा चौदह। फ्लैट का नंबर था चौदह आठ।

जादू में यक़ीन करने वाले लोग ऐसी संख्याओं से जुड़े रहते हैं।

दीवार को देखते हुए दो घंटे बीत गए। लड़की उठकर आई और खिड़की के पास बैठ गई। यक़ीन मानिए उस लड़की ने अगर चाहा होता तो वह अपने जादू से सूरज को भी जल्दी उगा देती। लेकिन शुक्र था कि उसने ऐसा चाहा नहीं और दुनिया अपना सर धुनने से बच गई। वह लड़की सिर्फ़ प्रतीक्षा कर रही थी। ये कई सालों बाद आने वाला एक ऐसा दिन था, जिस दिन के लिए उसने तय कर रखा था कि वह अपनी पसंद का जादू करेगी।

लड़की अपने सेलफ़ोन से एक संदेसा भेजेगी।

''तुमसे मिलना है। एक बात करनी है। तुम्हारा इंतज़ार है।''

इस संदेसे में से उसने ये पंक्ति हटा दी थी– ''इसलिए कि मेरे बाद तुम मुझसे नाराज़ न रहो।'' लड़की को लगा कि ये कुछ ज़्यादा हो जाएगा। लड़का समझेगा कि मैं मरने वाली हूँ और वह अपने मन को खोलने की जगह मुझे बचाने के लिए झूठी बातें कहेगा। वह जानती थी कि लड़का उड़ना जानता नहीं है, वह बेतहाशा जल्दी मचाएगा और हो सकता है कोई दुर्घटना हो जाए। इसलिए लड़की सावचेत थी। वह सोच-समझकर हर शब्द चुनती थी। जिस किसी के भी पास कोई हुनर था उन सबके पास सब्र भी था। इसलिए ही सब चीज़ें सही सलामत बची हुई थीं।

अब सुबह ज़रा-सा दूर थी। हल्का उजास झाँकने लगा था। जादुई लड़की ने सोच लिया था कि इस संदेसे का जवाब एक घंटे बाद आए। एक घंटे बाद

वह लड़का जाग जाएगा। वह रात को देर से सोया था। उसने अपने लैपटॉप पर कई सारे काम किए थे। दो बार काली चाय पी थी। काम करने के दौरान उसके पास कोई .फ़ोन नहीं आया इसलिए उसे याद नहीं रहा कि सोते समय .फ़ोन को सिरहाने के पास रख ले। .फ़ोन वहीं ड्राइंग टेबल पर लैपटॉप के पास छूट गया था। जहाँ उसने द.फ़्तर से आने के बाद अपनी सब चीज़ें रखी थीं। उसकी क़मीज़ भी ड्राइंग टेबल पर पड़ी थी। जबकि जींस उसने बदली न थी, उसी को पहने हुए सो गया था।

जादुई लड़की खिड़की के ठीक पास थी। सुबह के बढ़ते हुए उजास में बिल्डिंग के सामने ऊँची पहाड़ी का आख़िरी कटाव चमकने लगा था। जैसे अँधेरे में किसी योद्धा की तलवार आहिस्ता से प्रकट हो रही हो। उस तलवार से टकराकर रोशनी के टुकड़े-टुकड़े हुए जा रहे थे। रोशनी चारों तर.फ़ गिरने लगी थी। इस दृश्य के जादू को सि.र्फ़ वही देख सकती थी। जिसको घटनाओं के बारे में कुछ मालूम हो वही ठीक से दृश्य को समझ सकता है। लड़की इसे समझ पा रही थी। एक ही सुबह सबके लिए अलग-अलग होती है। इसी तरह उसके लिए ये सुबह ख़ास थी बाक़ी के लिए शायद उतनी नहीं।

रात को लड़की ने सोचा कि उसको बताए बिना मैं अंतिम निर्णय करती हूँ तो संभव है कि कभी एक अपराधबोध मुझे घेर ले। गहन चुप्पी में मन को मथते हुए उसने दृढ़ निश्चय किया था कि उसे बताना ही चाहिए। हमारे जीवन पर कुछ लोगों का अजाने ही बड़ा अधिकार होता है। कोई रिश्ता नहीं होता मगर हम सोचते हैं उसे कोई दुःख न होना चाहिए। उसका ऐसा ही रिश्ता लड़के के साथ था।

जैसे कि हर जादूगर जानता है कि अगले पल क्या होने वाला है उसी तरह लड़की ने जो संदेसा भेजा था उसका जवाब आ गया। ठीक उसी वक़्त आया जो लड़की ने तय किया था। लड़का शायद उसके इशारे से ही जागा। उसके इशारे से ही उसने जम्हाई ली और .फ़ोन देखा। उसके ही इशारे से ठीक वही जवाब आया जो वह चाहती थी।

"मैं तीन घंटे में पहुँच जाऊँगा।"

ये पढ़कर जादुई लड़की ने पलक झपकाई। खिड़की के रास्ते एक अलग दुनिया कमरे में साकार होने लगी। छत पेड़ में बदलने लगी। कमरे का आँगन हरा लॉन हो गया। पलभर में बीस साल पहले का संसार जादू से सँवर गया। फ्लैट का कमरा एक बग़ीचा हो गया। हर तरफ़ हरियाली और फूलों की बहार थी। लोग टहल रहे थे। शाम के आने का रंग बग़ीचे के रंगों को गहरा कर रहा था। सलीक़े से खड़े लैम्पपोस्ट का सिलसिला इस उतरते हुए गहरे रंग पर नयी रोशनी फेंकने को तैयार था। बग़ीचे में पत्थर की बेंचों पर कुछ जोड़े बैठे हुए थे।

हलके मद्धम कोलाहल के बीच एक नन्हा कातर स्वर सुनाई दिया- "रोको... रोको इसको।" कुछ बच्चे खिलखिलाते हुए झूले की पेंग को बढ़ाते जा रहे थे। गुलाबी रंग का बच्चा झूले को कसकर पकड़े हुए था। उसकी हथेलियाँ लोहे की जंज़ीर को पकड़े हुए गहरे भूरे रंग की होती जा रही थीं। उसके पास वाले झूले पर बैठी नन्ही जादुई लड़की ने अपना झूला छोड़ा और उस तरफ़ दौड़ पड़ी। बग़ीचे में झूला मिलना बड़ी टेढ़ी खीर था मगर लड़की ने उसे त्याग दिया।

झूला दे रहे बच्चे शैतानी से भरे आनंदित थे। जबकि झूले पर बैठे आठ साल के नन्हे लड़के के प्राण सूखे जा रहे थे। उसकी आँखें लगभग फटी हुई थीं। वह साँस रोके बैठा था और बीच-बीच में साँस को ऐसे छोड़ता जैसे किसी भरी हुई मशक से सारा पानी अचानक बह जाता हो।

लड़की ने मोटे लड़के को कहा- "इस झूले को रोको।" वह मोटा लड़का और हँसने लगा। उस मोटे लड़के के दोस्त लड़की को चिढ़ाने लगे। उन शैतानों का सामना करना अकेली लड़की के बस की बात न थी। वे सब दस-ग्यारह साल की उम्र के थे। उनमें शरारतें भरी हुई थीं। वे यही सब सीखते आए थे। उनके पास इस तरह की शैतानियों का ख़ूब अनुभव था। उस अनुभव को हराना कठिन काम था। चार बच्चों की टोली के समक्ष अकेली नन्ही लड़की ने कुछ ऐसा किया कि क्षण भर में मोटा लड़का धूल चाट रहा था। दुष्टदल इस घटना से हतप्रभ रह गया। धूल में गिरा हुआ लड़का किसी अलसाये हुए साँड की तरह आहिस्ता से उठा। धीरे-धीरे चलकर लड़की के पास आया। उसने तेज़ी से लड़की की दोनों चोटियाँ पकड़ लीं। बाल खींचने के दर्द से बचने के लिए लड़की ने भी अपनी

चोटियों को पकड़ा। दो गोल चक्कर के बाद सहसा फिर से चुप्पी छा गई। मोटा लड़का झूले के पोल से टकराकर मिट्टी में गिरा पड़ा था।

लड़की ने अपना दायाँ घुटना ज़ोर से उसके सीने पर मारा। अब मोटे लड़के के हाथ धूल में पड़े हुए केंचुओं की तरह थे। उनमें कोई हरकत न थी। जैसे उनमें कभी कोई जान थी ही नहीं। इसके बाद लड़की ने अपने स्कर्ट से रेत झाड़ी, लड़के का हाथ पकड़ा और बग़ीचे से बाहर चल दी। डेनिम की हाफ पैंट और नीले चेक्स की क़मीज़ पहना हुआ लड़का, उसका हाथ थामे, लाइन फ्राक पहने हुए लड़की उतरते अँधेरे में गुम हो गए।

ये सब जादू के बिना कैसे संभव था?

इस घटना से पहले लड़की ने जादू कब-कब सीखा था या उसे कब मालूम हुआ था कि उसके पास जादू है इसके बारे में कुछ भी ठीक-ठीक कहना असंभव था।

ऐसे घटनाएँ होती रहती थीं। कुछ ख़ास लोग किसी ख़ास काम के लिए बने होते हैं। वह लड़की बनी थी, लड़ाई के लिए। ऐसा सब कहते थे मगर ये कोई न सोचता था कि लड़ाई बाद की बात है। पहली बात है कि लड़की बनी थी, उस लड़के के लिए।

लड़की लड़ती थी। इस बात को भी सब सोचते थे। कोई ये न सोचता था कि किसी भी लड़ाई के लिए दो पक्ष चाहिए। सिर्फ़ आत्महंता ही एकतरफ़ा लड़ाई लड़ता है। लड़की मगर उसी छोटे लड़के के लिए लड़ती थी। उसे हाथ पकड़ कर सुरक्षित अपने साथ ले जाती थी। इसके बाद घर की गली के मोड़ तक लड़की को डाँटने की आवाज़ें सुनाई देती थीं। लड़कों से उलझना, धूल-मिट्टी और गंदे कपड़े। आज भी ज़रूर उसको किसी ने कुछ कहा होगा और हमारी लाडली नया संग्राम कर आई है।

तीन घर दूर लड़का अपने घर की खिड़की के पास खड़ा हुआ ये सब सुनता रहता था।

लड़की ने जब जादू सीखा, उससे पहले उनके घर बन चुके थे वर्ना वह

चाहती तो लड़के के घर की खिड़की को अपने घर की खिड़की के पास बना देती। उसे लगता था कि ऐसा करने की अब ज़रूरत नहीं है। वह अपने घर से बिना देखे ही लड़के का हाल जान लेती थी। वह जान लेती थी कि कब लड़का उदास होता है। जब लड़का उदास होता, वह उसी वक़्त कोई जादू फेंकती और उसे सबकुछ भुला देती। वैसे उस लड़की ने ये भी जान लिया था कि वे लोग वहाँ से चले जाने वाले थे। वे लोग माने लड़की के पापा और बाक़ी घरवाले।

घर में बरसों से बातें होती थीं कि इसे बदला जाए। ये सुनकर घर भी उदास हो गया था। घर चाहता था कि रोज़ के इस अपमान से अच्छा है कि वे लोग चले जाएँ। घर सोचता था कि सबके दिन एक समान नहीं होते। जब ये परिवार आया था तो दीवारों से चिपक कर सोता था। घर से ही उनको जीने की आस आती थी। इसी घर में उन्होंने सुख भरे दिन आते देखे। घर के लोग बहुत जल्द भूल गए कि दुनिया भर में दुत्कार और फटकार खाने के बाद यहीं आकर उनको आराम आया था। अब उनको ये घर बेढब और असुविधाजनक लगने लगा था।

सिंधियों का मोहल्ला था। ज़्यादातर के पिता शरणार्थी थे। ये दूसरी पीढ़ी थी। सबके पास अपने काम-धंधे थे। कोई भिखारी या चोर न था। पकवान से लेकर चप्पल बेचने तक के काम थे। ठेले से लेकर ढाबे तक रोटियाँ बेचते थे। शरणार्थियों ने सबसे ज़्यादा भूख देखी थी इसलिए उन्हें मालूम था कि रोटी ही इंसान की सबसे बड़ी ज़रूरत है। रोटी का धंधा कभी मंदा न होगा। रोटी को बेचकर रोटी कमाई जा सकती है। लड़की के दादा ढाबा चलाते थे। इस ढाबे से उन्होंने अच्छी कमाई कर ली थी। इस कमाई से लड़की के पापा ने इलेक्ट्रॉनिक हाउस खोला। इस दुकान में बिजली के स्विच से लेकर रंगीन टीवी तक बेचे जाते थे।

लड़की की तरह लड़के के पास इतिहास सुनाने वाला कोई न बचा था। वे कहाँ से भागकर आए थे और कैसे शरण ली। कैसे वे दिन बिताए। माँ अपने अतीत के बारे में घर में कोई बात न करती थी। लड़के के पिता न थे। उसके घर में दो बड़ी बहनें और माँ थीं। माँ पूरियाँ बेलने का काम करती थी। बहनें कुछ साल स्कूल गई थीं। आठवीं पास करने के बाद उन्होंने किसी कारण से स्कूल

जाना छोड़ दिया था। वे सारे दिन घर में ही रहती थीं। बड़ी बहन बाहर वाले कमरे में होती तब दूसरी बहन और माँ-बेटा अंदर के कमरे में। लड़के को इस बात से कोई अचरज कोई जिज्ञासा नहीं होती थी। लड़के की माँ ने उसे बता रखा था कि तेरे पिताजी अगर होते तो बाहर वाले कमरे में वे बैठते और हम सब घर के अंदर। कभी-कभी लड़के की माँ का चेहरा कठोर हो जाता। जिन शरणार्थियों के साथ वे आकर बसे थे, उन्हीं में से एक आदमी मुनीम हुआ फिर छोटे ठेके लेने लगा। उसी के यहाँ काम करते हुए लड़के के पिताजी की मौत करंट लगने से हो गई थी।

उसके बाद बुरी नीयत और बुरे दिनों ने उनके घर को घेर लिया था।

मोहल्ले में कोई कुछ न कहता था मगर अस्पृश्यता थी। लड़के के घर के आगे से मोहल्ले के लोग बचकर चलते थे। समय के साथ घर इस उपेक्षा का अभ्यस्त हो गया। रंगीन घरों के बीच ये बदरंग घर एक पैबंद की तरह था। लोग भले ही किसी निगाह से देखें, घर को कोई तकलीफ़ नहीं होती थी। इस कारण पड़ोसी नए घरों की तलाश में थे।

पैसा एक ईंधन है। वह अपने मालिक को धकेलता रहता है। इस बल से लड़की का परिवार नयी कॉलोनी में आ गया। लड़के का घर खटारा गाड़ी की तरह ठहरा हुआ नष्ट होता गया।

लड़की का परिवार नयी कॉलोनी में आकर ख़ुश था। जिस घर ने सहारा दिया था उसके छूट जाने का दुःख इसलिए नहीं था कि चूसी हुई हड्डियों को गले में नहीं लटकाया जाता। ज़िंदगी मुख़्तसर है और काम बहुत सारे। फिर समय की चाल का भी कोई भरोसा नहीं। नयेपन में समय तेज़ी से भागता है। गुपचुप तरीक़े से लड़की बड़ी होती गई। लड़की सचमुच बड़ी हो चुकी है ये सब ने कहा। माँ ने, दादी ने, बुआ ने, छोटे से आँगन ने, मीठे नीम ने और चिड़ियों ने भी कहा। लड़की ने मगर इसे अनसुना कर दिया। उसके नेत्रों ने कोई विस्मयकारी परिवर्तन नहीं देखा था। कोई ऐसा परिवर्तन जो उसके बड़े होने का प्रत्यक्ष उदाहरण हो सके। उसने जो परिवर्तन देखे वे भी ख़ास आश्चर्य नहीं जागते थे। वो जिन घुमावदार और अनगढ़ गलियों में रहती थी उनकी जगह नयी सलीक़ेदार चौड़ी सड़कों ने ले ली थी। स्कूल तक जाने का रास्ता पीले से काले रंग का हो गया

था। सड़क के किनारे उगी बबूल की बेढब झाड़ियों की जगह फूलदार ऊँचे पेड़ दिखाई देते थे।

इन सबके अलावा जो बदलाव हुए थे, वे कब हुए ये याद नहीं आता था। जैसे कब माँ ने स्कर्ट को विदा कर दिया था और ये सलवार-कुर्ते अलमारी के हर कोने में उग आए थे। इनके साथ उग आई थी सबकी निगाह में कुछ नुकीली चीज़ें। इन चुभन भरी निगाहों के बीच से छनकर निकलते हुए लड़की के मन पर कोई खरोंच-सी आती थी।

लड़का जो पीछे छूट गया था वह वास्तव में लड़की के साथ ही था। ये भी जादू था। इसलिए कि लड़का कभी लड़की के साथ कहीं नहीं दिखता था। इसके बाद भी वह लड़की के साथ होता था।

बड़ी होती हुई लड़की इतनी बड़ी हुई कि सब चिंतित हो गए। लड़की के घर में पैसे के साथ इज़्ज़त भी आई थी। इसी इज़्ज़त के समकक्ष कोई घर खोजना था। जहाँ लड़की को भेजा जा सके। सम्मानजनक जो चीज़ें उनके पास थीं, उनमें पैसे के अलावा एक ही चीज़ थी कि उनकी सात पुश्तों में किसी ने अपनी पसंद तो क्या, शादी से पहले लड़के लड़की को देखा भी न था।

रोज़ दोपहर या फिर रात के खाने के समय लड़कों की, उनके खानदान की और पैसे की पड़ताल होती थी। घर का हर सदस्य इस काम में माहिर था। लड़की के सिवा सबके पास कोई-न-कोई सुझाव, संकेत था। लड़की के सिवा सबके पास समझ थी। शामें इन्हीं बातों में झड़ जातीं। सुबहें बेमक़सद निकलतीं। एक काम आ पड़ा था और इसी एक काम ने सब कामों को रोक लिया था। हर कहीं चलती हुई बात अचानक अटक जाती। अच्छा रिश्ता तलाशना भूल-भुलैया में सही गली तलाशना था। लेकिन हर बार सही चलते हुए अचानक रास्ता ख़त्म। सब लोग इस भूल-भुलैया में अपनी समझ से दौड़ रहे थे। घर के सब सदस्य इस काम को जल्दी-से-जल्दी पूरा करना चाहते थे।

लड़की चुप थी।

लड़की ने अपने जादू से पता लगाया कि अगर वह कभी इस लड़के का ज़िक्र

करेगी तो क्या जवाब मिलेगा। उसने देखा कि पिताजी उसे मारने के लिए दौड़ पड़े हैं। माँ बीच-बचाव करते हुए भी लड़की को ही गालियाँ दे रही है। ताया, चाचा, बुआ-फूफा सबने डिक्लेयर कर दिया है लड़की बड़ी ख़राब निकली। हाय रे! कैसा नसीब हुआ। ये सब देखकर वह चुप रही।

एक दिन।

सब सोचा विचारा बेकार गया। बुआ की देवरानी के भाई के ससुराल में जैसा कोई रिश्ता मिल गया। पाँच लोगों के बैठने लायक़ कार में नौ आदमी-औरतें सवार होकर पहुँच गए। बड़े हॉल में एक्स्ट्रा सोफे, गद्दे और कुर्सियाँ भरी थीं। चुप्पी के बीच छोटी फुलझड़ी की तरह कोई बात आती लेकिन जल्दी ही बुझ भी जाती। सबमें भारी संकोच और नपी-तुली बात कहने की होड़। चाय-बिस्किट, कॉफ़ी-समोसे, नमकीन-मीठा जैसे सबकुछ इसी अवसर के इंतज़ार में था। घंटे भर तक गले मिलने, थ्री सीटर सोफे पर चार लोगों के चिपककर बैठने से शुरू हुआ समारोह घर के सबसे बुज़ुर्ग व्यक्ति के संबोधन से समापन की ओर बढ़ा। संबोधन था- "देखिए, संजोग सबसे बड़ी बात है। आप सबका आना साक्षात प्रभु का आगमन है। हम सब धन्य हुए।"

इसके बाद सब औरतें ऐसे गले मिलीं जैसे युद्ध के बाद घर लौटकर सैनिक भीगी आँखों और कसी हुई बाँहों से मिलते हैं। सब पुरुष अभिवादन में हाथ जोड़े हुए झुके जा रहे थे। कौन किसको अभिवादन कर रहा था और कौन अभिवादन स्वीकार रहा था कुछ न मालूम होता था। लड़की और दूल्हे के पिता संकोच से मगर गहरे हृदय से गले मिले।

ईश्वर बड़ा कारसाज़ निकला। इस बात की फिर पुष्टि हुई कि ईश्वर की मर्ज़ी के बिना पत्ता भी नहीं हिलता। सब उसका धन्यवाद करते हुए घर लौट आए।

चालीस दिन बाद शहनाई कम और साउंड सिस्टम ज़्यादा बजे। लड़की विदा हो गई।

तेरहवें माले के फ्लैट की खिड़की से आती रोशनी से कमरा भर गया था। कुर्सी पर बैठी हुई लड़की किसी सोच में गुम थी। वह अतीत की गलियों का

फेरा नहीं देती थी। उसका अतीत नहीं था। जो कुछ था वह वर्तमान बनकर उसके साथ चलता था। जब कुछ चीज़ें पीछे छूट जाएँ, तब अतीत कहलाती हैं। जो साथ-साथ चल रहा हो उसे वर्तमान ही कहते हैं। लड़की का वर्तमान ख़ूब फैला हुआ था। बीसियों साल पीछे से लेकर इस लम्हे तक। भविष्य जो था वह अभी कुछ घंटे दूर था।

लड़के के स्वागत में जादू से लड़की इस फ्लैट को सुंदर बना सकती थी। उसने ऐसा कुछ किया नहीं। अपने सामान और चीज़ों को देखा। वे सब अपनी जगहों पर ख़ूब भले थे। वह सड़क पर देखने लगी। एक मंदिर का गुंबद चमक रहा था। सफ़ेद संगमरमर के पत्थर पर रोशनी गिरने से एक चौंध आ रही थी। दूर आसमान का रंग हल्का हुआ जा रहा था। एक पंछी पंख हिलाए बिना उड़ रहा था। खुले आकाश में निर्बाध उड़ान।

लड़की ने जादू से जाना कि लड़का क्या कर रहा है। वह बस में बैठा हुआ था। वैसे ही जैसे कॉलेज के दिनों की एक दोपहर रेस्तराँ में बैठे थे। आमने-सामने नहीं वरन् एक-दूजे के पास। वे जिधर भी देखते उनको सबकुछ एक समान ही दिखता था। वे दोनों सामने देखते हुए बातें कर रहे थे। कुछ लोग जो उनकी टेबल के आस-पास बैठे थे, फूहड़ तरीक़े से हँसते और ऊँचा बोलकर चुप हो जाते। लड़का और लड़की ख़ूब देर बैठे रहे।

लड़की ने पूछा- "घर में सब कैसे हैं?"

लड़के ने कहा- "माँ नहीं रही, छोटी बहन ने शादी कर ली। बड़ी बहन ने वह घर बेच दिया है।"

लड़की ने ज़रा उदासी भरे चेहरे से उसे देखते हुए कहा- "तुम क्या करोगे?"

लड़के ने पूछा- "कब?"

लड़की ने कहा- "जीवन बिताने के लिए।"

लड़के ने कहा- "नौकरी।"

वे दोनों जब वहाँ से उठने वाले थे तब लड़के ने भी एक बात पूछी- "तुम कहाँ मिलोगी मुझे।"

लड़की ने कहा- "हर महीने की पहली तारीख़ को दिन के एक बजे यहीं मिलूँगी।"

लड़की कोई भी तारीख़ बता सकती थी। कोई भी दिन बता सकती थी मगर उसने एक तारीख़ बताई। जादू से उसे मालूम हुआ कि नयी शुरुआत करना अच्छा होता है। बीती हुई बातें बोझ ज़्यादा होती हैं। एक तारीख़ ही सबसे सही है, जिस दिन नयी शुरुआत होती है।

उस मुलाक़ात के बाद वे दोनों नहीं मिले थे।

उस नए घर में लड़की की पहली रात थी। एक दीवार से लगती हुई सीढ़ियाँ ऊपर के बने कमरों की ओर जाती थीं। उन्हीं सीढ़ियों पर आगे-पीछे चलती हुए कुछ औरतें लड़की को ऊपर बने एक कमरे में बिठा गईं। कमरे में सब कुछ नया था। अजाना, अनदेखा। सब कुछ किसी और का। कहीं से कोई चीज़ उसे आवाज़ नहीं दे रही थी। लड़कियाँ शादी से पहले होने वाले दूल्हे से बेहिसाब बातें करती हैं। उन बातों में चीज़ें, कमरा, घर और लोग चले आते हैं। उन सबकी एक पहचान बन जाती है। बिना देखे, देखी हुई पहचान। लेकिन यहाँ सब अजनबी था।

लड़की ने एक दिन जादू से देखा कि उसका ससुराल कैसा है।

असल में वह एक घर नहीं जोड़-तोड़कर ज़िंदगी बसर करने को बनाया हुआ भ्रम था। कई बार जैसे लोग सबकुछ जानते हुए भी कुछ नहीं कहते उसी तरह इस परिवार के सब लोग ख़ुद जानते थे कि ये बिखर जाने को अभिशप्त खेला है। लड़की अपने माँ और पापा से ये बात कह सकती थी। उसने फिर जादू किया। उसे मालूम हुआ कि माँ और पापा कह रहे हैं तुम पर उस खराब लड़के का भूत चढ़ा है इसलिए ऐसा कह रही हो। इसके बाद वह चुप हो गई।

लड़की की पहचान के सब सिरे लड़के के आस-पास घूमते थे। यहाँ हर चीज़ें दूल्हे से जुड़ी थीं। उसने तकिये को देखा। लड़की ने चाहा कि छूकर देखे।

इस पर बने हुए नन्हे गुलाबी फूल और नीले रंग की बेल में कितनी ठंडक है। क्या ये ताज़ा-सी लगती होंगी। हाथ मगर हिलते नहीं, अंगुलियाँ ठहरी रहती हैं। तकिये की तरह हर चीज़ ठहरी रहती है। एक सेंटर टेबल, उस पर रखा जग और ग्लास, दीवार की पेंटिंग, खिड़की का पर्दा भी ठहरा हुआ यानी सबकुछ ठहरा हुआ। अक्टूबर का महीना बीत रहा था। मौसम ऐसा कि छत का पंखा न चलाना पड़े। लड़की ने सोचा कि वह खिड़की तक चली जाए। बाहर देखे। इन ठहरी हुई चीज़ों से मुक्ति हो। चलता-फिरता कुछ दिखाई दे। लेकिन उसके पाँवों ने कोई हरकत न की। जिस जगह वे औरतें उसे बिठा गई थीं, वह वहीं बैठी रही।

शाम किसी हल्के धुँए की तरह खो गई थी। अँधेरा अटल था। अँधेरे की उपस्थिति में कोई बदलाव नहीं आ रहा था। लड़की चुप बैठी थी। घर के आँगन में मंगलगान थे। नए शयन कक्ष में चुप्पी। रात और चुप्पी एक-दूजे की गले में बाँहें डाले हुए बीत रहे थे। कोई आहट कमरे की तरफ़ नहीं आती। कोई गीत कहीं टूट पड़ता तो कुछ चहचाहट के बाद फिर से कोई अंतरा आगे बढ़ जाता। लड़की ने अपने जादू से देखना चाहा कि उसके सोचने से अलग असल में नीचे क्या हो रहा था। उसे कुछ न दिखाई दिया। वहाँ कोई नहीं था। गाती हुई औरतें नहीं थीं। मंगल गीतों के मिसरे नहीं थे। कोई चहल-पहल नहीं थी। वह सिहर उठी। उसे ये क्या सुनाई दे रहा है ? इतना फ़र्क़ क्यों है कि कान कहते हैं वहाँ बहुत से लोग हैं मगर सच में एक वीराना पसरा हुआ है।

अपना जादू उसे अच्छा नहीं लगा।

ठहरी हुई रात में सीढ़ियों पर पदचाप सुनाई दी। उसे लगा कि वही एक मासूम चेहरा चला आ रहा है। जो सगाई की रस्म में नाज़ुकी से उसका हाथ थाम कर अँगूठी पहना रहा था। उसके गोरे चेहरे पर कहीं-कहीं लाली लगी है। वह इस कमरे की तरफ़ आते हुए शरमा गया है। इसलिए चेहरा और सुर्ख़ हो गया है। वह आहिस्ता से कमरे का दरवाज़ा खोलेगा। जाने क्या बात होगी। क्या कहेगा। वह क्या जवाब देगी। इन्हीं उलझे दौड़ते सवालों के बीच दरवाज़ा खुल गया।

शेरवानी नहीं थी। जींस और टीशर्ट पहने हुए दूल्हा।

वह प्रतीक्षा से जागकर उठ खड़ी हुई। दूल्हे ने कहा- "पलंग पर आराम से बैठी रहिए। इसके बाद दूल्हा खिड़की के पास चला गया। वह वहाँ से बाहर झाँकता रहा। कोई कुछ नहीं बोला। लड़की ने सोचा कि काश! उसने खिड़की से झाँककर देखा होता तो अब वह सोच सकती थी कि दूल्हा क्या देख रहा है। दूल्हा चुप देखता रहा। लड़की चुप सोचती रही। दूल्हे के मुड़ते ही लड़की के ख़्याल टूटे। पलंग के पास से जाते हुए दूल्हे ने कहा-"आराम से सो जाइए। फिर वह नीचे चला गया।"

दोपहर तक फूलों के गुच्छे मुरझाने लगे थे। उनको बुहारकर बाहर किया जा रहा था।

एक तनहा अजनबी रात के बाद लड़की को लगा जैसे वह सदियों से क़ैद में है। भरे पूरे वीराने में क़ैद। कोई अनकही सज़ा। कोई मिलने आने वाला नहीं। शयनकक्ष के बाहर अगर कोई दुनिया थी तो सिर्फ़ वही चल रही थी। उदास चुप्पी। शादी के जोड़े की चुभती हुई लेस, गोटे की चमक से बंद होती आँखें। न उतारे जा सकने लायक़ बोझ। कोई आता, इसे उतार देता। चमक-दमक के इस पैरहन से बाहर आ सकती। काश! वह किसी सस्ते सूती सूट में हवा में उड़ जाती।

कोई नहीं आया।

लड़की खिड़की के पास गई। उसने नीचे देखा। खिड़की से घर का प्रवेशद्वार दिखता था। लान का छोटा-सा हिस्सा भी, जहाँ दीवार के सहारे कुछ फूल खिले हुए थे। दूब के बीच कहीं-कहीं पानी चमक रहा था। घर के आगे की सड़क पर ट्रैफिक न था। वहाँ भी सूनापन पसरा हुआ था। वह खिड़की से बाहर झाँक ही रही थी, तभी दरवाज़ा बजा। कोई अंदर आया। लड़की के मन में कोई हलचल न हुई कि वह किसी नवविवाहिता की तरह लज्जा से भरी दौड़े और पलंग पर सर झुकाकर बैठ जाए। वह आहिस्ता से मुड़ी।

दूल्हा असमंजस में देख रहा था। वह खिड़की से दूर पलंग और दरवाज़े के बीच खड़ा था। उसे समझ न आ रहा था कि क्या करे। उसने पल भर के लिए फिर से लड़की को देखा। सर ज़रा-सा झुकाया और तुरंत सर उठाकर लड़की की

तरफ़ देखते हुए बोला- "बैठ जाइए, मुझे बात करनी है।"

लड़की ने कोई प्रतिक्रिया न की। वह खिड़की की तरफ़ पीठ करके खड़ी रही। दूल्हे ने दो क़दम इधर-उधर भरे और फिर वह पलंग के पास रखी कुर्सी पर बैठ गया। वह चुप था, लड़की मौन खड़ी थी। मौसम में ताज़गी थी। वे कैसी भी बातें कर सकते थे। ये बातें ही नहीं वरन् प्यार करने लायक़ भी मौसम था। एक सुहाना मौसम, जिसमें हल्की शीतलता थी। दूल्हा उठकर लड़की के पास जा सकता था। उसके हाथ की किसी अंगुली को धीरे से छूता। लड़की एक नयी छुअन से सिहर कर अपनी अंगुली को दूर कर लेती। लड़का अपने चेहरे को उसकी गरदन के पास पास लाकर, मादक आवाज़ में कह सकता था, "आओ हम पलंग पर बैठ जाएँ।" लड़की का मन ज्वार और भाटा की तरह चढ़ और उतर सकता था। लेकिन लड़की जादूई थी। उसे आने वाले पल का पता था इसलिए वह बिना हिले खिड़की के पास खड़ी रही। खिड़की पर टँगे सफ़ेद पर्दे पर खिले हल्के नीले फूल हवा के झोंके के साथ लड़की को छू गए। वह पर्दे को देखती हुई सोचने लगी कि काश! इन फूलों पर अपनी अंगुलियाँ घुमाए। लड़की ने ऐसा सोचा भर।

दूल्हे ने लड़की के इस तरह अविचल खड़े रहने को देखते हुए कहा- "दुनिया में कोई दो व्यक्ति एक जैसे नहीं होते। इसलिए साथ रहने के लिए समझौते करने पड़ते हैं। मैं तुम्हारे लिए कुछ नहीं कर पाऊँगा। ये विवाह परिवारों की सहमति का परिणाम मात्र है।"

इसके बाद दूल्हा कहता रहा और लड़की सुनती रही। जो कोई नवविवाहिता न सुनना चाहे वह लड़की ने सुना। अगर लड़की को जादू न आता होता तो वह ये सब सुनते हुए रो पड़ती। रोते-रोते आधी पागल हो जाती। वह सोच की उलझनों में घिरी दिग्भ्रमित हो जाती। वह जी ही न पाती। उसका रोना व्यर्थ था। उसका स्थिर खड़े रहना ही बेहतर था। लड़के ने अपनी बात इस तरह पूरी की- "आपको इस घर में पूरी स्वतंत्रता है। वर्तमान के लिए भी और भविष्य के लिए भी। आप जो चाहें चुन सकती हैं।"

दूल्हा कुर्सी से खड़ा हुआ। उसने एक अविश्वास से लड़की को देखा। उसने

रात भर बहुत तैयारी की थी। वह किस तरह से अपनी बात कहेगा। उन बातों को सुनकर किस तरह लड़की उदास होगी। इसके बाद उदासी से घिर कर रोने लगेगी। वह अश्रु भरी डूबी-डूबी आवाज़ में विनय करेगी। संभव है, किसी दु:ख भरी कमज़ोर स्त्री की तरह उसके पाँवों से लिपट जाएगी। वह कैसे उससे दूर होगा। कैसे उसकी आवाज़ को कमरे के बाहर जाने से रोकेगा। कैसे वह अपनी बात को इस तरह कहेगा कि लड़की को उससे कोई आशा ही न बचे।

लड़की ने पूछा- "एक बात बताइए, मेरा जीवन ही क्यों चुना आपने इस तरह नष्ट करने के लिए?"

दूल्हे ने कहा- "ये अपने पिताजी से पूछना। क्या तुमने मुझसे पूछकर विवाह किया था? इस घर को एक बहू चाहिए थी। मुझे प्रतिदिन के अपमान से मुक्ति और तुम्हारे पिताजी को..."

लड़की के मन से सारे प्रश्न सूखे पत्तों की तरह झड़ गए। वह उनको अपने ही भीतर टूटकर गिरते हुए देखने लगी। पल भर में मन की धरती पीले रंग से भर गई। ऐसा पीला रंग जो धूसर स्मृति के आरंभ होने का संकेत होता है।

खिड़की के सफ़ेद पर्दे पर खिले नीले फूलों का रंग स्याह हो गया था। दूल्हे को गए हुए तीन साल हो गए थे। इन तीन सालों में उसकी कोई ख़बर न थी। लड़की ने कभी जानना नहीं चाहा कि दूल्हा कहाँ रहता है और किस हाल में है। लड़की ने अपना जादू स्थगित कर दिया था। वह अपने ससुराल में रहती थी। जिस महीने उसकी शादी हुई थी उसके अगले महीने की पहली तारीख़ को वह उस रेस्तराँ नहीं गई। वह आगे के कुछ और महीने रेस्तराँ नहीं गई।

जाने कैसे दोनों घरों के बीच बिना बताए ये साफ़ हो गया कि दूल्हा कहीं जा चुका है। लड़की सिर्फ़ घर के काम करती और अपने कमरे में रहती। तब एक बार गहरी उदासी, क्षोभ और क्रोध बनकर दो परिवारों के बीच खड़ी हुई। सर झुकाए बैठे लड़की के सास-ससुर और उनके सामने लड़की की मम्मा और पापा। वे क्या कर सकते थे। उनके बस में कुछ न था सिवा इसके कि बेटी अपने घर लौटा ले जाते। चारों ने मिलकर यही तय किया।

मम्मा ने कहा- "बेटी चलो।" उनकी आँखों में आँसू थे। बेहिसाब आँसू। लड़की ने अपनी माँ के आँसू पोंछे और कहा- "माँ, मैं अकेली अच्छी हूँ।" उसने मम्मा का हाथ पकड़ा और घर से बाहर ले आई। पापा पीछे-पीछे घर से बाहर चले आए। लड़की ने उन दोनों को कार में बिठाया और घर की ओर रवाना कर दिया। लड़की ने उनसे वादा किया था कि वह ख़ुश रहेगी और जल्दी ही उनसे मिलने आएगी।

दूल्हे के पिताजी ने लड़की को वापस घर में आते देखा तो रो पड़े। उन्होंने दोनों हाथ जोड़े। वे आगे बढ़कर लड़की को गले लगा लेना चाहते थे। वे आगे नहीं बढ़े। वे हाथ जोड़े चुप खड़े रहे। दूल्हे की माँ सोफे पर बैठी थी। उनका बैठना ऐसा था जैसे कोई शाख़ पेड़ से टूटकर ज़मीन पर पड़ी हो।

पिताजी ने कहा- "बेटा दो मिनट हमारे पास बैठ जाओ।" लड़की सोफे पर बैठ गई।

"कई बरसों तक औलाद के इंतज़ार के बाद हम उसे माँगकर लाए थे।" ये कहते हुए उन्होंने अपनी पत्नी की ओर इशारा करते हुए कहा- "इसकी सबसे बड़ी बहन का सबसे छोटा बेटा है। वह जब आया तब पाँच साल का था। वह जब आया तबसे उसने कभी इसे अपना घर नहीं माना। वह हर बात पर नाराज़ रहता था। वह हर काम से नाख़ुश था। असल में वह हमारा था ही नहीं।"

लड़की की सास ने अपनी साड़ी का पल्लू अपने मुँह में ठूँस लिया। वे एक उम्र जितनी बड़ी रुलाई को इस पल रोक लेना चाहती थी। लड़की सोफे से उठी और सास के पास गई। उसने अपना हाथ आगे बढ़ाया। वह सत्तर साल की बूढ़ी देह लड़की की गोद में गिर पड़ी। एक माँ होने के लिए अनगिनत दुःख सहने वाली स्त्री के मुँह से एक बड़ी साँस निकली। एक गहरी और आख़िरी साँस। उनकी आँखों में समाया पानी अचानक से ग़ायब हो गया। वहाँ सिर्फ़ दो बूँदें थीं। वे बूँदें झुर्रीदार गालों को चूमती हुई लड़की के फूलों भरे कुर्ते में खो गईं।

तेरह दिन बाद लड़की के ससुर जी अचानक बूढ़े हो गए। लड़की ने कहा- "पिताजी मैं आपका ख़याल रखूँगी।"

उन्होंने कहा– ''बेटी, मन से कहती हो?''

लड़की ने कहा– ''हाँ।''

उन्होंने कहा– ''अपना घर बसा लो, ये मेरी आख़िरी इच्छा है।''

इसके बाद अगले महीने की पहली तारीख़ को लड़की रेस्तराँ में थी। दोपहर ख़ाली गई। लड़की घर लौट आई।

उसी दिन उसने देखा कि एक पीला लिफ़ाफ़ा सेंटर टेबल पर पड़ा था। सामने सोफे पर ससुर जी बैठे थे। ख़ुश और ताज़ा चेहरा लिए हुए। वे लड़की को देखकर मुस्कुराए। उन्होंने कहा– ''बेटा, इसमें वह सब है जो मेरा था। वह जो मेरा था अब सब तेरा है।''

उदास लड़की के लिए ये लिफ़ाफ़ा एक नई उलझन था।

ससुर जी अपनी कमज़ोर काया के साथ भी किसी-न-किसी तैयारी में लगे रहते थे। ऐसा लगता था जैसे किसी कठिन सफ़र पर जाना है। मृत्यु के लिए इतनी तैयारी की क्या ज़रूरत? वह तो जब ले जाएगी सबकुछ झाड़कर पूरा साफ़ करके ले जाएगी। ससुर जी ये जानते ही थे, फिर कैसी तैयारी थी? सात दिन तक लड़की ने वह लिफ़ाफ़ा नहीं खोला। लड़की को उसमें कोई रुचि न थी। वह एक टूटे हुए बूढ़े आदमी के साथ रह रही थी। वह बूढ़ा आदमी अपनी पत्नी को खो चुका था और माँगकर लाया हुआ पुत्र माँगे हुए रिश्तों को ठोकर मारकर जा चुका था। उस बूढ़े व्यक्ति के प्रति सहानुभूति हो सकती थी लेकिन स्नेह या कोई पिता को दिया जाने वाला पुत्री का प्रेम नहीं हो सकता था। लड़की सिर्फ़ सात महीने से इस आदमी को जानती थी।

अपनी तैयारियों के बीच लड़की के ससुर जी ने कहा– ''बेटा, वह लिफ़ाफ़ा तुम्हारे लिए है और उसे अभी खोलना ही चाहिए।''

लड़की ने लिफ़ाफ़ा खोला। उसमें एक नए बड़े फ्लैट के दस्तावेज़ थे। नया फ्लैट लड़की को गिफ्ट था। इसी लिफ़ाफ़े में उस स्टोर का मालिकाना हक़ भी था जिसे उसके ससुर जी चलाते थे। वह स्टोर तीन पीढ़ी की कमाई था।

ये सब देखकर लड़की कोई ज़्यादा ख़ुशी न हुई। उसे सिर्फ़ ये समझ आया कि ससुर जी इस घर को त्याग देना चाहते हैं। लड़की लिफ़ाफ़ा हाथ में लिए हुए ससुर जी के पास गई। वह कुछ कहती इससे पहले ही उन्होंने कहा- "बेटा, मेरे जीवन का अब कोई भरोसा नहीं है। तुम जहाँ कहीं जिसके साथ रहो, वह जगह सुरक्षित होनी चाहिए। इसलिए मैंने ये घर बेच दिया है और चाहता हूँ कि तुम उस फ्लैट में चली जाओ।"

इसी फ्लैट में आज वह लड़का आने वाला है। इसी फ्लैट में लड़की ने एक साल बिताया। वह हर महीने उसी रेस्तराँ जाती थी। हर महीने की पहली तारीख़ ख़ाली जाती। लड़का नहीं आता था। वह वहाँ दोपहर के ढलने तक उसका इंतज़ार करती थी। कई बार लड़की ने चाहा कि वह जादू से उस लड़के का पता लगाए। लेकिन लड़की को अपने ही जादू से डर लगता था। वह सोचने लगती कि जादू से पता लगाने पर ये मालूम हो कि लड़के ने शादी कर ली है। वह किसी और लड़की के साथ रह रहा है तो दुःख होगा। हालाँकि, उन दोनों के बीच कभी शादी तो क्या कभी प्रेम की भी कोई बात न हुई थी। इसलिए भी इस बात की पूरी संभावना थी कि किसी लड़की ने उसे पसंद कर लिया होगा। या उसे कोई लड़की पसंद आ गई होगी। उनके बीच एक ही वादा था कि वे महीने की पहली तारीख़ को रेस्तराँ में मिलेंगे।

एक पहली तारीख़ की दोपहर उसे लड़का आता हुआ दिखाई दिया। रेस्तराँ के बाहर खड़े हुए अनेक लोगों के बीच लड़के को उसने पहली ही बार में देख लिया था। क्या लड़की की आँखें सिर्फ़ यही खोजती रहती थीं। क्या लड़की ने अपने जीवन के हर पल को प्रतीक्षा के खाने में रख दिया था।

लड़का मुस्कुराता हुआ उसके सामने बैठ गया। लड़की अचानक उदास होने लगी। उसे समझ नहीं आया कि लड़का उसके बराबर न बैठकर सामने क्यों बैठा है? क्या मेरे विवाह के बाद वह मुझे अपना नहीं समझता। क्या उसने विवाह कर लिया है। क्या वह भूल से आज इधर आया है और हमारे मिलने के वादे को कब का भूल चुका है।

लड़का भी उदास होने लगा। जिस मुस्कान के साथ वह दिखा था वह ग़ायब

हो गई।

"कैसे हो तुम?"

"अच्छा।"

"तुम कैसी हो?"

"मैं ठीक हूँ।"

"कहाँ थे इतने समय?"

"तुम कहाँ थी?"

लड़का कई बार आया था। वह पहली तारीख़ का इंतज़ार करता था। उसे बेचैनी थी। उसे लगता था कि उसका कुछ खो गया है। वह ये सब बातें लड़की को बताना चाहता था। लड़की आती नहीं थी। वह इंतज़ार करके चला जाता था। इस तरह आते जाने के कुछ महीने बाद उसने आना छोड़ दिया था।

लड़की एक दुःख में पड़ गई थी। वह घर से बाहर नहीं जा सकती थी। सब उसी को दोष देते कि लड़की ही दूल्हे के साथ नहीं रहना चाहती थी इसलिए वह चला गया। लड़की जो भी बात कहती उसे कोई नहीं मानता। सब दोष लड़की के हिस्से में ही रखे जाते। इसलिए वह न आ सकी। जब आने का हाल हुआ तब से वह लगातार आती थी।

वे दोनों उस दोपहर वहीं बैठे रहे। जब जाने का समय हुआ तब लड़की ने कहा–"क्या तुम मेरे बराबर बैठोगे?" लड़का अपनी जगह से उठकर उसके बराबर बैठ गया। इसके बाद वे और बहुत देर वहीं बैठे रहे। उन्होंने एक–दूजे को अपने फ़ोन नंबर दिए मगर किसी ने ये न पूछा कि वे दोनों किसके साथ और किस हाल में रह रहे हैं।

उस मुलाक़ात के बाद दोनों की फ़ोन पर बात होती रहती थी।

बिल्डिंग के तेरहवें माले के आठ नंबर फ्लैट की घंटी बजी। स्मृतियों के फाहे बिखर गए। जादुई लड़की कहीं खोयी हुई थी। उसे जाग हुई। उसने देखा दरवाज़े पर लड़का खड़ा है। वह लड़का नहीं एक आदमी है। उसकी मुस्कान बड़ी

पुरानी और पहचानी हुई है।

वे दोनों ख़ुश थे। उनमें कोई ऐसा फील था जो कहता था, आराम से बैठो। वे जब चाय पी चुके तब लड़की ने कहा– "एक सवाल पूछूँ?"

"हाँ।"

"तुम अकेले रहते हो?"

"हाँ।"

"शादी क्यों न की?"

"ज़रूरी नहीं लगा।"

"क्या हम सब काम ज़रूरत से करते हैं?"

लड़का चुप हो गया। उसे समझ नहीं आया कि या जवाब दे। वह कोई दार्शनिक न था। उसके पास अकाट्य तर्क भी नहीं थे। इससे भी बड़ी बात कि उससे लड़की ने आज से पहले कभी कोई सवाल न पूछे थे।

"क्या तुम अकेले ही रहना चाहते हो?"

"तुम?"

"मैं अकेले नहीं रहना चाहती।"

"मैं भी नहीं।"

वे दोनों फिर से चुप हो गए। जादुई लड़की को मालूम न था कि इन सालों में लड़का कहाँ और किस हाल में रहा है। उसका स्थगित किया हुआ जादू एक काला पर्दा था। लड़के को ये किसने बताया होगा कि लड़की के साथ क्या कुछ हुआ। लड़के को ये भी कैसे मालूम होगा कि लड़की की शादी का क्या हुआ। वह लड़की किस तरह यहाँ आकर फ्लैट में रहने लगी। लड़की क्या काम करती है।

लड़की खाना बनाने रसोई में गई। उसने वहीं से लड़के को आवाज़ देकर अंदर बुला लिया। लड़का अकेला बैठा हुआ परेशान ही होता। लड़की खाना बनाते हुए उससे कोई–न–कोई चीज़ माँगती गई। वह मदद कर रहा था लड़की

उसे देख रही थी। रसोई की खिड़की से बाहर आसमान को देखा जा सकता था। लड़की और लड़का काम करते हुए आसमान का एक टुकड़ा देखते रहे। जब लड़की चपाती बेल रही थी तब लड़का चपातियाँ सेंक रहा था। दोनों के एक साथ काम करने से सब काम बिगड़ रहे थे। मगर अच्छा लग रहा था। लड़की ने अगर अकेले खड़े होकर चपातियाँ सेंकी होतीं तो वे जलती नहीं। लड़का उनको सही से पलट भी नहीं पा रहा था। वे हर कोशिश के बाद जल जातीं। सिंकते हुए गेंहूँ की ख़ुशबू हर ख़ुशबू से बेहतर थी।

उन्होंने दोपहर का भोजन किया। उनके पास कहने को कोई बात न थी। लड़की सोचने लगी कि क्या वह उसे रुकने का कहे। क्या वह उसे हमेशा के लिए रुकने का ही कह दे। लड़की ने सोचा कि जब वह ये बात जानती है कि उसके संदेसे का जवाब लड़का क्या देगा तो क्या वह ये नहीं जानती कि रुकने का कहने पर क्या जवाब होगा। जादुई लड़की है तो ये ज़रूर जानती होगी। लड़की ने जादू के सिरे से ख़ुद को वापस खींच लिया। वह लगभग ये जानने ही जा रही थी कि सवालों के जवाब क्या होंगे।

लड़की जब ये सोच रही थी तभी लड़के ने अपनी जेब में हाथ डालते हुए कहा- मैं कभी अकेला न था। मेरे साथ ये हमेशा रहता है।''

लड़के की अँगुलियों के बीच एक गुलाबी रिबन था।

खिड़की के रास्ते फिर से वही बग़ीचा उतरने लगा। लड़की की आँखों से आँसू बहने लगे। लड़के ने अपना हाथ आगे किया। वही हाथ जिसमें गुलाबी रिबन था। ए लाइन फ्रॉक वाली लड़की का गुलाबी रिबन। लड़की ने आहिस्ता से काँपते हाथों से उस हाथ को थाम लिया। जिस लड़की ने कभी किसी दुःख को दुःख न समझा। उसकी आँखों से आँसू बहते ही गए।

आपने भी कहीं सुना होगा कि पत्थरों के नीचे एक सोता बहता है। उसका जल निर्मल और मीठा होता है लेकिन लड़की के आँसू उस जल से अधिक निर्मल और मीठे थे। वह जादुई लड़की थी। अगर जादू न होता तो ऐसी तकलीफ़ें उठाती हुई सब लड़कियाँ मर न जातीं।

उस मौसम के दिन

वो ऑयल हाई कंपनी में काम कर रही थी। यहीं त्यागी से उसका मिलना हुआ था। जब वह यहाँ आई थी तब ऑफिस की बिल्डिंग और अधिकारियों के फ्लैट्स नए बने थे। दीवारों की पुताई की गंध भी न गई थी। नए फ्लैट्स में जो भी आया कोरा था। अनछुआ।

यहाँ आने से पहले माँ ने जब प्रगति की पोस्टिंग का आर्डर देखा तो आँखें भर लीं। वह आहिस्ता से चलकर बिस्तर तक आई। प्रगति अपने लैपटॉप पर कुछ काम कर रही थी। माँ पास आकर खड़ी हुई कैसे कोई अनचाहा घट गया हो- "अब तू जाएगी तो गई फिर एक साल की। जैसे पहले पढ़ाई ज़रूरी थी और वेकेशन कम थे, उसी तरह अब नौकरी है तो न आने का पक्का बंधन भी हो गया।"

प्रगति ने माँ के हाथ से लिफ़ाफ़ा लिया।– ''क्या है माँ?'' लिफ़ाफ़ा खोलती हुई कहती है– ''सबको तो सब मालूम है। ये एक औपचारिक पत्र भर है। और ये ड्रामा... मुझे मालूम है मेरी माँ को ख़ूब प्यार है। वह चाहे तो सहेजकर अपनी कमर पर टाँग ले। क्या करोगी घर बिठाकर?''

माँ कुछ अचरज से मुँह बनाती है– ''अरे कौन रोक रहा है। बस जी भर आया... कल तू चली जाएगी।''

''कल नहीं, अभी बीस दिन का ज्वाइनिंग टाइम दिया है।'' ऐसा कहते हुए प्रगति उठी और माँ के गाल खींचकर बाहर ड्राइंग हॉल की तरफ़ बढ़ गई।

रिश्तेदार पूछते हैं। सुंदर–सी लड़की है। अच्छी भली नौकरी मिल गई है। फिर देरी किस बात की है? आपको नहीं मिलता तो हम बताते हैं लड़के, एक से बढ़कर एक।

''अब तू जाने से पहले पक्का करके जा मैं तेरे झाँसे में नहीं आने वाली या तो इंदौरवाला या फिर बंगलोरवाला या कहीं भी वाला फाइनल कर दूँगी।''

प्रगति ने माँ को हाँ बोला– ''इस बार पक्का जहाँ तू कहे। मेरी माँ जो बताएगी वही... ओ के न? अब तो शांत हो जाओ।'' ये उसकी परमानेंट स्टाइल थी माँ को मनाने की।

कुछ दिनों में ही दिन बीत गए, प्रगति ने नौकरी ज्वाइन कर ली।

वह अकेली रहने की अभ्यस्त थी मगर यहाँ अकेलापन न था। जाने क्या चीज़ें थीं जिनसे वह घिरी हुई रहती। वह जान ही नहीं पाई कि कब दिन बीता कब रात ढली।

वहाँ उसके लिए सब लोग नए थे। देवकर और सुनीता तीन साल से इसी कंपनी में थे और पुराने ऑफिस से ट्रांसफर होकर इस जगह आए थे। एक दोपहर प्रगति कैंटीन में सुनीता और देवकर के साथ बैठी थी। देवकर ने बताया कि त्यागी के पापा की तबियत ठीक नहीं है। उसने जैसे ही ज्वाइन किया महीने भर बाद छुट्टी पर जाना पड़ा। वह अभी तक अवकाश पर है। वह और प्रगति एक साथ

ही ग्रेज्युएट हुए थे। वे हमउम्र थे।

प्रगति को लगा कि त्यागी को फ़ोन करना चाहिए। इस कंपनी के नए ऑफिस में उसके सबसे क़रीब वही थी। इसलिए कि वे दोनों नए थे, बाक़ी सब अलग जगहों से आए थे। यहाँ आने के बाद, कुछ दिनों दफ़्तर में हुई मुलाक़ात के अतिरिक्त उन दोनों में कभी ख़ास बात नहीं हो पाई थी।

प्रगति ने त्यागी को फ़ोन किया।

उस एक औपचारिक फ़ोन के बाद कुछ घर के हाल के बहाने और कुछ ऑफिस में क्या चल रहा है इसके बहाने बातें होती रहीं। वह जब छुट्टी से लौटकर आया तो अचानक क़रीबी बढ़ गई। इसके बढ़ जाने की वजह थी। वो बेहद परेशान था। एक बहन है। उसके पति नहीं रहे। दो साल पहले एक दुर्घटना में चल बसे। माँ तो बचपन में ही चली गई थी। पिता ने बच्चों के लिए सबकुछ किया और फिर अब वे भी लक़वे की चपेट में आ गए थे। वह अपने पिताजी को यहाँ नहीं ला सकता था। ये उसकी सबसे बड़ी तकलीफ़ थी। लक़वा एक ऐसी बीमारी थी, जो संभव नुक़सान करके स्थिर हो गई थी।

प्रगति ने त्यागी से कहा कि वे रात का खाना खाने के लिए कहीं बाहर चलते हैं। वे दोनों एक साथ गए। उनके एक साथ होने में कोई ऐसा भाव नहीं दिखा कि किसी ने इसे कोई संबंध बढ़ाने का प्रपोजल समझा हो। वे दोनों इजी थे और अपनी बातों में खोए हुए। उन दोनों के इस जगह साथ होने में कोई ख़ास फ़र्क़ दिखा नहीं कि डिनर ऑर्डर आना दफ़्तर आने से अलग काम हुआ है।

वे लोग खाना खाने से पहले बैठे हुए बातें कर रहे थे तब त्यागी ने कहा- "प्रगति ये कहना कितना आसान होता है कि माँ-बाप भगवान होते हैं। उनकी सेवा में कोई ख़ुद को ख़र्च कर दें तो भी कम है। ये कितना कठिन होता है कि कोई ये समझे कि हर किसी का मन होता है। उसी तरह बुज़ुर्ग लोगों का मन सबसे अधिक अभिलाषी हो जाता है।"

प्रगति उसके चेहरे को देख रही थी। वह सीधा आदमी लग रहा था। ऐसा सीधा आदमी जो किसी के लिए कुछ भी करे तो पूरे दिल से करे।

ये बुज़ुर्ग सूखते जा रहे गहरी घनी छाँव वाले पेड़ की तरह ठूँठ में ढल रहे होते हैं। उसकी शाखाओं से लोच उड़ जाती है। वे हर दम अकड़े हुए और टूट जाने के भाव से भरे रहते हैं। त्यागी के पिताजी भी बूढ़े हुए थे मगर लक़वे ने उनको अपनी नज़र में लाचार मनुष्य ठहरा दिया था। वे अपने अतीत में एक हृष्ट-पुष्ट नौजवान थे। वे इस वक़्त टूटे लाचार बूढ़े थे।

त्यागी ने कहा- ''गाँव में हर आदमी यही सोचता है कि जिसका बेटा कमाऊ हुआ, उसका बेटा अपने बाउजी को साथ ले ही जाएगा। मैं भी यही सोचता हूँ कि अपने साथ ही रखूँ। जब मैंने उनसे ये कहा तो बाउजी आधे लक़वे वाले मुँह से बोले कम और ग़ुस्सा ज़ाहिर ज़्यादा किया। मैं उनके सुख के लिए सोच रहा था। फिर मैंने बहन से कहा तुम यहाँ आकर रह लो बाउजी के पास। वह कहती है, भाई ऐसा न हो पाएगा।''

त्यागी को बाद में चाचा लोगों ने समझाया कि कहाँ बंद कमरों में जी पाएँगे भाई। और तुम कितनी सेवा करोगे। तुम अपनी नौकरी करो। जो लड़के नौकरी नहीं करते उनके माँ-बाप चाहते हैं कहीं नौकरी मिल जाए। तुम यहाँ चिंता में घिरे बैठे हो।

वे लोग डिनर करके लौट रहे थे तब भी त्यागी के पास एक ही चिंता और एक ही बात थी। उसने बताया कि उसे इस बात का दुःख है कि पिताजी इस शारीरिक अवस्था में अकेले हैं। वह चाहकर भी उनके पास रुकना चाहे तो ये घर में किसी को मंजूर नहीं। एक दोस्त कंधे पर हाथ रखकर कहता है भाई बुझते हुए दीये हैं, दुखी होना मगर अपना बिगाड़ न करना। मैं इस सारे झमेले में किसी भी सवाल का सही उत्तर नहीं पाता हूँ।

प्रगति को लगता था त्यागी सच में इन दुःखों के आगे अकेला था। अपनी बहन के सामने सदा मुस्कुराता था। उसने लगभग अपने हर परिचित को खोजा कि बहन का फिर से घर बस जाए। जितने भी रिश्ते मिले सब अनुपयुक्त थे। उससे बेहतर था वह अपनी बहन को अकेले ही जीने दे। यही ज़िद त्यागी की बहन की भी थी। ज़िंदगी एक ही बात बार-बार बोलती। भाग्य को कौन बदल सकता है। त्यागी का दिल एक ही बात बोलता। माँ रहती, जीजा रहते, पिताजी को लक़वा न

होता, ये सब कोई असंभव तो था नहीं मगर रहा असंभव।

उन दोनों की मित्रता के पहले छः महीने दफ़्तर के नए माहौल, काम के सुख की जल्दबाजी में बीत गए। अचानक एक दिन त्यागी के लिए संदेसा आ गया। उसके पापा गंभीर बीमार थे। सबको लगा कि ज़रूर जा ही चुके होंगे। वह घर चला गया। उसके जाते ही प्रगति को भी घर की याद आई। ये एक साथ क्यों हुआ, ये उसे ख़ुद समझ न आया।

प्रगति अपने घर आई।

वहाँ जाते ही स्थायी प्रश्नों ने घेर लिया। इस बार वह अंदर से दुखी थी या कहीं जुड़ी हुई थी कि उसने माँ को साफ़ मना कर दिया। शादी नहीं करनी। माँ ने कहा– ''नहीं करनी क्या होता है? समाज में बैठे हैं लोग पूछते हैं। जवाब देना होता है।'' प्रगति ने कहा– ''जवाब दो कि लड़की शादी नहीं करना चाहती।'' प्रगति ऐसा रूखा व्यवहार क्यों कर रही है, ये माँ को समझ न आया। उसने पूछा– ''कोई पसंद आ गया है? जिसके साथ रहना है, शादी करनी है तो यह भी बता दे।''

''कोई पसंद नहीं और शादी नहीं करनी है।'' प्रगति ने ऐसा कहने के बाद की चुप्पी में सोचा कि वह क्यों एकाएक इस तरह के सख़्त जवाबों पर आ गई है। क्या सचमुच उसे त्यागी से कोई लगावट है। ऐसा उनके बीच कभी कुछ न हुआ था जिससे ये समझा जा सके कि वे क़रीब या प्रेम में हैं।

वह जब तक लौटकर गई घर में सबसे ज़्यादा माँ ने तमाशे किए। जिनका माँ नाम लेती थी वे कुछ न कहते थे। बस माँ ही कहती थी कि उनका ये कहना है, इनका ये कहना है। वह अपनी ओर से मनाती रही कि कोई फ़ैसला हो जाए। फ़ैसला ये हुआ कि मैं जा रही हूँ और मुझे जब शादी करनी होगी आप दोनों को बता दूँगी।

त्यागी लौटकर आया। ऑफिस में ही एक अनौपचारिक शोक सभा हुई। सबने त्यागी को गले लगाकर ढाँढ़स बँधाया। जब प्रगति ने उसे गले लगाया तब वह रो पड़ा। पिता होते ही ऐसे हैं कि उनकी याद में रो पड़ना कोई बड़ी बात

नहीं होती। फिर भावनाएँ वहीं सबसे ज़्यादा कमज़ोर करती हैं जहाँ सबसे अधिक अपनापन हो। प्रगति के कंधे पर त्यागी के दो आँसू थे।

कभी-कभी हम जिसके क़रीब जी रहे होते हैं, उसके मन तक पहुँच चुके होते हैं। हमारा मिलना कितना है इसे परिभाषित नहीं किया जा सकता। उन दोनों का मिलना भी कितना क़रीबी हो चुका था, ये किसी ने सोचा न था। उन दोनों ने भी नहीं। उनके बीच से जो वक़्त गुज़र रहा था वह बीच की दूरी को कम करता जा रहा था। जिस तरह दो आँसू प्रगति के कंधे पर गिरे, वह उनका अचानक गिरना न था।

ऑफिस में त्यागी और प्रगति साथ बने रहे।

शाम को प्रगति ने कहा- ''अपने घर में अकेले बैठे क्या करोगे? मेरे पास आ जाओ वहीं खाना खाएँगे।'' त्यागी ने सर हिलाकर हामी भर दी।

वे दोनों शाम के बाद भी एक साथ थे।

हॉटकेस से त्यागी रोटी निकालकर प्रगति को देता। वे दोनों छोटे टुकड़े तोड़ते हुए खाना खाते रहे। उनके एक साथ खाने में सामंजस्य था। जैसे वे दोनों बरसों से एक ही साथ थे। खाने की छोटी मेज पर कोई औपचारिकता न थी। प्रगति ने एक कटोरी में दही डाला और कहा- ''तुम रात को दही खाते हो?'' त्यागी ने छोटी कटोरी अपनी ओर खींच ली। जैसे प्रगति पहले से ही जानती थी कि त्यागी को रात में दही खाने से एतराज़ नहीं है। त्यागी ने प्रगति की प्लेट में थोड़ा और साग रख दिया। जैसे वह जानता था कि प्रगति को और चाहिए।

खाना खा चुकने के बाद वे दोनों कुर्सियों की पीठ का सहारा लिए बैठे रहे। जैसे बहुत ज़्यादा थके हुए थे और अब आराम आया है। वे एक-दूजे के सामने बैठे थे। वे एक-दूजे को देख सकते थे। त्यागी की आँखों में ज़रूर दुःख रहा होगा किंतु उस पर समय की धूल गिर रही थी।

प्रगति उस दुःख को पूरी तरह ढँक देना चाहती थी।

वे दोनों उठे। वॉशबेसिन तक गए, उन्होंने एक-दूजे के पास खड़े हुए बारी-

बारी से हाथ धोए। वे छोटे रूमालों से हाथ पोंछ चुके थे। एक-दूजे के क़रीब आए। त्यागी ने कहा- "अच्छा मैं जाऊँ?" वे दोनों एक-दूजे को हल्के से गले मिले थे। प्रगति ने कहा- "न जाओ।" उन दोनों की बाँहें एक-दूजे को कसती गईं।

कोई घना दुःख चाहिए था। या चाहिए थी साथ जीने की समझ। त्यागी के पास जो दुःख थे वे छीज चुकते उससे पहले ही प्रगति और त्यागी के जीवन में ये अनूठी रात आ गई। एक मुकम्मल रात। वे तीन थे। रात थी, प्रगति थी और त्यागी था।

अगली सुबह

पहले की तरह बिना शंका के नहीं वरन् चोरों की तरह दोनों बारी-बारी से प्रगति के घर से बाहर निकले। दिन भर दफ़्तर में खोए-खोए बैठे रहे। क्या हमने सही किया। इससे भी बड़ा सवाल था कि जो रिश्ता बिना कोई सवाल-जवाब किए सामने आ गया हो उसका आगे क्या किया जाए।

वे लौटकर फिर से प्रगति के घर आए।

प्रगति ने शाम को कहा- "क्या आज तुम यहाँ रुकने की सोच रहे हो?"

प्रगति और त्यागी के बीच रखी चाय बेमतलब रखी रह गई। प्रगति की चुप्पी में ये अफ़सोस रहा होगा कि उसने रात को किस कारण ऐसा होने दिया। लेकिन ऐसा कोई अफ़सोस न था।

त्यागी ने कहा- "मैं अभी आता हूँ।"

प्रगति उसके जाते ही टहलने लगी। वह त्यागी के अभी आने का इंतज़ार करने लगी। उसने ख़ुद से कहा कि क्या वह इसी सबको मान-अपमान और जीवन समझती है? उसके पास इसका साफ़ जवाब था कि वह त्यागी को पसंद करती है। उसके साथ जो कुछ भी हुआ वह सोच-समझकर किया गया है। वह ऐसी भोली बच्ची नहीं है कि किसी अन्य पुरुष के साथ एक ही घर में होने का अर्थ न समझे।

त्यागी लौटकर आया। उसके पास रसोई का बहुत सारा सामान था। सामान को रसोई में रखने के बाद त्यागी खाना बनाने का काम शुरू होने के बारे में सोचने लगा। प्रगति ने कहा– "दो मिनट बात कर लेते हैं।"

त्यागी ने कहा– "हाँ।"

प्रगति रसोई के स्टेंड से सहारा लेकर खड़ी थी। त्यागी दीवार के सहारे से। प्रगति ने सोचा कि कितना अच्छा हो कि इस बातचीत के बाद वे दोनों एक-दूजे का सहारा लिए हों।– "मुझे कल रात की कोई बात नहीं करनी। तुमसे ये जानना है कि आज तुम यहाँ क्यों हो?"

"हम रह सकते हैं एक साथ, मगर इसके आगे का कुछ सोचा नहीं मैंने।"

प्रगति ने कहा– "ठीक है। जब हम दोनों समझ लें तब फिर से साथ होंगे। अगर साथ होने लायक़ वक़्त बचा तो।"

त्यागी दीवार के पास से स्टैंड की तरफ़ आया। उसने प्रगति के हाथ की अंगुलियाँ पकड़ीं। प्रगति ने अपनी अंगुलियाँ वापस खींच लीं– "जहाँ कहने लायक़ बात न हो वहाँ आगे न बढ़ो। कल की रात ऐसी क्यों थी इस बात को मैं अपने किन्हीं निजी कारणों के नीचे दबा सकती हूँ। वह कोई भूल न थी। मैंने उसे होने दिया था, मैंने उसका होना चाहा था।"

त्यागी ने कहा–"मैं घर के आख़िरी सहारे के जाने से दुःख में था। मुझे माफ़ कर दो।"

"तुमको माफ़ी माँगने की ज़रूरत नहीं है। मेरी सहमति की बात थी। उसके बिना कोई मुझे छू भी नहीं सकता।"

"क्या मुझे चले जाना चाहिए?"

"हाँ, अपने आपको किसी रिश्ते में धकेलने की जगह तो चले जाना अच्छा होता है।"

उस रात उनका खाना साझा न हुआ। त्यागी चला गया था, प्रगति को भूख न थी।

उसने इस बारे में विचार न किया था कि त्यागी रुकेगा या चला जाएगा। जो कुछ उनके बीच घटित हुआ था, वह प्रायोजित भी न था। समय, परिस्थिति और मन के संयोग से हुआ था। प्रगति किन्हीं सामाजिक रिवाजों को तोड़ने या क्रांति लाने की पक्षधर न थी। वह बस होना था और हो गया।

पिछली रात बेहद छोटी थी। ये रात ख़ूब लंबी।

सुबह प्रगति ऑफिस आई। धूप ग़ायब थी। ऐसा लग रहा था कि बारिश आएगी। आसमान पर हल्के बादल थे। ऐसे बादल जैसे कोई पानी के रंगों से खेलने वाला चित्रकार आसमान को रंगना शुरू करता हो। अपने केबिन के सामने ही उसे देवकर दिखाई दिए। "हाय प्रगति, आज मौसम ख़ूब ठंडा होने को है। कई दिनों की उमस से लग रहा था कि बारिश कभी भी शुरू हो सकती है।"

प्रगति ने हामी भरी और केतकर के हिस्से का कोई बकाया काम था उसकी याद दिलाई। कुछ देर वे दोनों टेबल पर रखे हुए कुछ पन्ने पलटते रहे। दोपहर की चाय लेकर आने वाला चपरासी सब केबिन के अंदर आता-जाता चाय रख रहा था। उसी समय प्रगति ने त्यागी को देखा। वह कुछ बाहर के काम भी देखता है। इसलिए दफ़्तर उसका आधा दिन ही होता है। त्यागी केतकर के केबिन में गया। वहाँ वह मुश्किल से दो मिनट रुका और अपनी सीट पर चला गया।

दोपहर बाद चार बजे के आस-पास सुनीता और देवकर एक साथ बैठे थे। उन्होंने वहीं से प्रगति को आवाज़ दी। कुछ काम न था किसी के पास। केतकर और सुनीता कुर्सियों पर बैठे, प्रगति वहीं जाकर पार्टीशन का सहारा लेकर खड़ी हो गई। मौसम और मौसम की बात। पिछले बरस क्या हुआ था जब बारिश शुरू हुई थी। किस तरह से पानी भर गया था। एक सड़क पार करके कॉलोनी तक जाना भी मुश्किल हो गया था। इन्हीं बातों में बारिश के दिनों में घर में क्या-क्या ज़रूर रख लेना चाहिए की भी बात आई। सुनीता ने अपनी पूरी लिस्ट सुना दी। क्या लाना है और क्या इन दिनों में नहीं लाना है। बारिश के मौसम में चीज़ें जल्दी ख़राब भी होती हैं।

इस गप के सिलसिले से बाहर आने का मन हुआ तो प्रगति ने कहा- "कुछ

काम बाक़ी है कर लेती हूँ।'' दफ़्तर में अँधेरा हो गया था हालाँकि, शाम होने में अभी दो घंटे बाक़ी थे। मुड़कर जाती हुई प्रगति को केतकर ने कहा- ''आज शाम को कहीं बीजी हो?''

''नहीं।''

''फिर हमारे यहाँ आ जाओ।'' प्रगति को देवकर इसी तरह बुलाते थे। वह जाती थी। वहाँ उनकी दो साल की बेटी के साथ ख़ूब मजे आते थे। उनकी पत्नी भी ख़ूब स्नेहिल थी। उम्र में ज़्यादा फ़र्क़ न था मगर प्रगति दफ़्तर में उनको मिस्टर केतकर और उनके घर पर बड़े भैया ही कहती थी।

शाम हो चुकी थी। कॉलोनी की सड़कें सूनी थीं। एक स्याह अँधेरा बादलों से छनकर आ रहा था। सड़क के किनारों पर सूखी घास के तिनके बचे हुए थे। कहीं-कहीं उखड़ आई ईंटों की जगह सूखी दूब उगी हुई थी। वह कुछ देर सड़क पर टहलती रही। यूँ भी उसे कहीं दूर न जाना था। वे सब एक ही कैम्पस में रहते थे।

ये ख़ूब अच्छा रहा कि आज का दिन जिस ख़ुशी से बीतना ज़रूरी था, उसी तरीक़े से बीता। उसने कोई भूल न की थी। त्यागी उसे पसंद था। हालाँकि, इस तरह किसी का दुःख थोड़े ही बाँटा जाता है। ये दुःख तो एक अवसर था जिसने उसकी चाहत को खोल दिया था। क्या वह इस तरह की बातों की परवाह करेगी। क्या ये कोई और तय करेगा कि उसके जीवन में क्या होना चाहिए और क्या नहीं।

वह ख़ुश थी।

प्रगति ने डोरबेल बजाई। देवकर भाभी ने दरवाज़ा खोला। साथ में वही छुटकी। गोदी में चढ़ी हुई। प्रगति ने उसे लेने के हाथ बढ़ाया तो वह मम्मा से और ज़्यादा चिपक गई। 'हेलो। आइए-आइए', कहते-सुनते वे लोग घर के अंदर आए।

वह ठिठकी। त्यागी वहीं बैठा हुआ था। केतकर भैया ने कहा- ''आओ प्रगति।'' वह मुस्कुराती हुई सोफे पर बैठ गई। छुटकी प्रगति के पास जाना भी

चाहती है और शरमाती भी है। वे दोनों धीरे-धीरे कुछ दिन पुरानी दोस्ती को फिर से आगे बढ़ाते हैं। एक-दो बार की हल्की गुदगुदी के बाद प्रगति कहती है- "ये चॉकलेट कौन खाएगा?"

छुटकी ख़ुशी की चमक से भरी आँखों से चॉकलेट को देखती है। वह जैसे ही हाथ बढ़ाती है प्रगति उसे अपनी गोदी में ले लेती है। उनकी दोस्ती बन जाती है। छुटकी प्रगति की गोदी में आकर उसके बालों से खेलने लगती है। प्रगति उसके पेट में अपनी नाक से गुदगुदी करती है।

केतकर भाभी उठती हैं और किचन की ओर चल देती हैं। छुटकी और प्रगति भी पीछे-पीछे। प्रगति बातें भाभी से करती है, खेलती छुटकी के साथ है मगर दिमाग़ में सिर्फ़ एक ही बात अटकी हुई कि त्यागी यहाँ क्यों है। ऐसा नहीं है कि वे चारों पहली बार साथ बैठें हों। कल की रात जो बीती उसके बाद अचानक इस तरह बुलाया जाना और त्यागी का यहाँ होना। कोई तो बात ज़रूर है।

चाय बनकर आई तो सब फिर से सोफों पर सेंटर टेबल के चारों तरफ़ एकत्र हो गए।

केतकर भाभी ने कहा- "मुझे समझ नहीं आ रहा मगर इन दोनों का कहना है मैं कहूँ। और वह भी सबके सामने। तुम दोनों शादी क्यों नहीं कर लेते?"

प्रगति अवाक्। उसके चाय का कप एक लरज़ से भर उठा। उसकी आँखें स्थिर हो गईं। उसको देखते हुए केतकर चौंक गए। उनको लगा कि बात ग़लत हो गई। भाभी प्रगति को देखकर अचानक बचाव जैसी मुद्रा में आईं- "अरे! ये मेरा सुझाव भर है।"

प्रगति लाख कोशिश करके भी सामान्य न हो सकी। उसने कुछ जवाब न दिया। थोड़ी देर की चुप्पी के बाद बोली- "मैं चलूँगी।"

प्रगति वहाँ से चली आई।

केतकर भाभी को सबसे अधिक अफ़सोस हुआ। उनका कहना था कि सबके सामने ये पूछने के लिए त्यागी और छुटकी के पापा की जिद बेमानी थी। उन्होंने

समझाया भी था कि ऐसे सवाल अकेले में ही ठीक होते हैं।

रात के नौ बजे के आस-पास प्रगति ने फ़ोन किया।- ''भाभी सॉरी। मैं अचानक से इस तरह...''

उधर से जवाब आया- ''न न प्रगति, तुम्हारी कोई ग़लती नहीं है। मुझे इस तरह सबके सामने ये बात नहीं कहनी चाहिए थी।''

''वैसे एक बात पूछ रही हूँ। ये त्यागी ने आपको कहा था?''

केतकर भाभी असमंजस में फ़ोन की तरफ़ देख रही थीं। वे इस वक़्त केतकर को पूछ भी नहीं सकती थीं कि इसका जवाब क्या देना है। इसी पल भर के असमंजस में उन्होंने गोल-सा जवाब बनाना चाहा- ''ऐसा कुछ न कहा था, बस कहीं से बात आई थी...''

प्रगति को अब और बुरा लगा। उसने इस बुरे लगने को छिपाते हुए कहा - ''अच्छा भाभी, गुड नाइट।''

उसके फ़ोन रखते ही त्यागी का फ़ोन आया।

''क्या मैं मिलने आ जाऊँ?''

प्रगति फ़ोन को पकड़े हुए बैठी रही। काश! उसने कल रात को जवाब दिया होता। क्या लोगों के सलाह मशविरे से घर बसाएगा और चलाएगा। प्रगति ने फ़ोन पर फिर से त्यागी की आवाज़ सुनी।

''हेलो, हेलो।''

प्रगति ने कहा- ''यहीं कह दो फ़ोन पर।''

''सॉरी।''

''वो बात हम कल ही ख़त्म कर चुके।''

उन्होंने फ़ोन रख दिया।

अगले दिन त्यागी छुट्टी लेकर चला गया। शनिवार और रविवार फिर आगे कोई जयंती। फिर आगे प्रगति ने ये किसी से न पूछा कि वह कितने दिन की

छुट्टी गया है।

प्रगति के कमरे की खिड़की के शीशे के पार पानी की हल्की परत थी।

कमरे की पीली दीवारें ऊपर जहाँ ख़त्म होती थीं वहीं से एक सफ़ेद लकीर छत और दीवार को अलग करती थी। बारिश शुरू होते ही लगता कि इस बार फुहार के बाद सब साफ़ होने लगेगा। सीलापन उड़ने से पहले ही फिर से फुहारें शुरू होतीं। वह देखती हुई उदास होने लगती। बारिश की आवाज़ जब आना बंद होती तो वह फिर से खिड़की की ओर देखती। खिड़की में लगे लंबे कांच के पार एक पतली परत जमी थी। उसमें से पेड़ की धुँधली-सी एक टहनी दिख रही थी। उसका हिलना न होता था। वह टहनी स्थिर रहती। उस पर गिरती हुई बारिश नहीं दिख रही थी। खिड़की को अंदर से हथेली से पोंछने पर धुँधलापन कम होता मगर बाहर की ओर जमा पानी फिर भी नज़र को रोक रहा था। चीज़ें अपनी शक्ल को खोती हुई जान पड़ती थीं। जैसे पेड़ कि शाख़ और पत्तियाँ पानी के साथ घुल रहे थे।

बारिश की फुहारों से ज़्यादा झड़ी लगने से डर लग रहा था। अक्सर इसके बाद मौसम ठहर जाता था। धूप की आशा करना बेकार हो जाता। कई दिन इसी तरह सीलापन हर जगह उतरता। वह सब चीज़ों को इस तरह पानी से भर देता कि ज़िंदगी कुछ-एक चीज़ों तक आकर सिमट जाती। चाय बनाने और बिस्तर के भीतर की ख़ुद की गर्मी में दुबके रहने के सिवा कोई काम न होता। भीतर की इस सीली गर्मी में लगता कि आहिस्ता से चमड़ी को उतारा जा रहा है। जहाँ से बदन को छू लो वहीं लगे कि सब कुछ कच्चा हो गया है।

वो दस तारीख़ को गया था। आज तेरह तारीख़ थी।

दो महीने पहले त्यागी को पंद्रह दिन के टूर पर जाना था। प्रगति जब उसके घर पहुँची तब वह अपना सामान पैक कर रहा था। वह कह रहा था- "नई जगह हो तो उसके लिए कितनी भी दूर जाना मुश्किल नहीं लगता। मुझे ख़ुशी होती है दुनिया की अलग जगहों पर जाना और वहाँ कुछ साल रह कर काम करना। मैं अपने कुल उम्र में कोई बीस-एक जगहें देख लेना चाहता हूँ।"

उसके लंबे बड़े सूटकेस में चीज़ें अपनी जगह तलाश कर फिट हो रही थी। ज़रूरी अंडर गारमेंट से लेकर चश्मे तक सब सामना बिस्तर पर पैक करने के लिए इस तरह रखे हुए थे कि कुछ भी पीछे नहीं छूटा है। उसने अपनी सारी चीज़ें इस तरह समेट ली हैं जैसे यहाँ कुछ न बचना चाहिए। क्या वह लौटकर आने के बारे में निश्चित नहीं था? इस तरह जाने का दृश्य प्रगति को ख़ुश नहीं करता। उसे देखते हुए प्रगति उदास आँखों से समय का बीतना सुनती रही।

"ये दुनिया कोई पक्का ठिकाना थोड़े ही है। इस दुनिया में भी सबके अलग-अलग ठिकाने हैं। वैसे भी हर कोई पढ़-लिखकर नौकरी और फिर घर बनाने के सपने को लेकर ही जीता है।" परफ्यूम की शीशी का ढक्कन उठाते हुए हल्के से स्प्रे को दबाया। "मैं मगर कहीं इस तरह के जाम में फँसना नहीं चाहता हूँ।"

उन दिनों भी प्रगति को इंतज़ार बना रहा कि वह जल्दी लौट आए। इन तीन दिनों पानी बरसता रहा और त्यागी की याद आती रही। जो आदमी नयी जगहों पर जाने और कुछ समय के लिए वहीं बस जाने की बातें करता हो, उसको क्यों सोचना। फिर ये प्रगति का अपना निर्णय था कि उसे किस हद तक बढ़ना है।

क्या एक इस तरह का अनुभव असल में गुज़र चुके वक़्त की स्मृति भर है। हम जब किसी को अपना सबकुछ सौंप देने का निर्णय करते हैं तब कोई आशा भी रखते है? हमारी चाहना जब किसी को रात भर के लिए देह के पास रखे। उसके बाद वह चला जाए। तो क्या इसका अफ़सोस होना चाहिए? असल में क्या देह के पास होने और दूर हो जाने का अफ़सोस होता है या देह एक पहचान भर है। जो भी होता है वह सिर्फ़ हमारे मन के क़रीब होता है।

सोचो, ये हादसा कितना बड़ा ठहरे, किसी के जाने के बाद जिस दुःख को हम असहनीय समझते हैं। उसकी जगह वह हमारे साथ जी रहा हो किसी अजनबी की तरह। अपने निर्णय को सही ठहराने के लिए उम्र भर का बोझा उठाना। ऐसा जिसे उतारा न जा सके।

तीन रात दो दिन पानी बरसता रहा। सीलन बढ़ती ही गई। एक चाहना थी, पूरी

हुई। उस बीज से उग आई कई-कई चीज़ें। जैसे ख़ालीपन। इसी फ्लैट में इतनी अकेली कभी न थी। कोई आहट न होती। कोई आवाज़ न आती। दफ़्तर बंद। इस घर से बाहर और कोई जान-पहचान का नहीं। कहीं कोई ठिकाना नहीं। हाँ, उसे क्या फ़र्क़ पड़ेगा। लड़की मिली न। ख़ुशी से मिली। अपनी इच्छा से मिली। कोई और मिल जाएगी।

सीले मौसम में प्रगति के दिल से आवाज़ उठी। उसने एक मुश्किल काम कर लिया है। ऐसा सोचना अलग बात है और ऐसा निभाना बहुत अलग बात। इसी सोच में वह सो गई।

सुबह प्रगति को लगा कि डोरबेल बज रही है। वही इत्र की गंध आ रही है। पानी में भीग कर और ज़्यादा गहरी हुई गंध। तीन दिन की बेहिसाब थकन और नींद न आने से बदन हरारत से भरा था। आँखें लाल थीं। उसे फिर से डोरबेल की आवाज़ सुनाई दी। सुबह के नौ बजे थे। वह अलसाई उठी। दरवाज़ा खोला।

सामने त्यागी खड़ा था।

''तुम कब तक तैयार हो जाओगी। मेरी बहन सुधा आई है। वह तुमसे मिलना चाहती है।''

प्रगति ने कुछ सुना, कुछ समझा और फिर ठहर कर कहा- ''तुम पागल आदमी हो क्या?''

''मिल तो लेना प्लीज... भले मना कर देना।''

बरसात की हल्की झड़ी अब भी लगी हुई थी। दरवाज़े के आगे बने हुए शेड के नीचे खड़ा त्यागी भीग नहीं रहा था। प्रगति को जाने क्यों लगा कि घर के अंदर खड़ी हुई वह भीग रही है।

''उस दिन कहा नहीं जा रहा था?''

त्यागी ने कहा- ''कोई तरीक़ा होना चाहिए न कहने का!''

''बेवक़ूफ़!''

''दो घंटे में तो तैयार हो ही जाओगी।'' ये कहता हुआ त्यागी चला गया।

वो हम जिससे मिले थे
वो उससे मिलना न था
हमारा उससे बोलना चुप्पी थी
और चुप्पी हमारा बोलना
इसलिए कभी-कभी चुप्पी को
बोलना भी चाहिए
हर किसी के पास ऐसी तीन छुट्टियाँ
और बरसता हुआ मौसम हो ज़रूरी नहीं है
किसी के पास इतना वक़्त नहीं है
कि वह इंतज़ार में बना रहे।

पर्दे के पार चिड़िया

वह अभी जागी थी। पिछली रात उसने दस घंटे किसी क्षोभ और दुःख के बिना व्यतीत किए थे। उसको क्या चिंता सता रही थी, ये कहना इसलिए कठिन था कि वह अपनी असल परेशानी कभी ख़ुद तय नहीं कर पाई।

वह सब कुछ हार चुकी होती तो कितना अच्छा होता कि उदास चुप बैठी रहती। ज़िंदगी को ही हारा हुआ मानकर कहीं जाकर मर जाती। मगर वह हारी नहीं थी। वह अपने-आप को हारता हुआ देख रही थी। चुप बैठे ख़ुद को हारते हुए देखना, ये जीवन का सबसे अनूठा अनुभव था। उसके पास जीवन भर की जो पूँजी थी वह किस काम आई ? ऐसा सोचते हुए अचानक ख़्याल आया कि ये एक

ख़ास क़िस्म की छल भरी लूट है। जिसमें आपके पास जो कुछ मौजूद है, उसे नकारा कहकर नए सिरे से किसी काम में उलझा दिया जाए। रात को वह कई बार सोई थी। ये सोचना ख़ुद को दिलासा भर देना था। असल में वह जब-जब ख़्यालों में गहरे डूबी और अपनी सुध खो बैठी उसी को उसने सोना समझ लिया।

उसने आख़िरी बार सुख भरी नींद कब ली थी, ये याद करते ही उसे अतीत में कई साल की छलांग लगाकर बहुत पीछे जाना पड़ता था।

एक असल गहरी नींद एक गहरे अटल विश्वास में छुपी होती है।

उसकी नींद को क्या हुआ? उसकी नींद अपने मामूली दुःखों, न ध्यान देने योग्य उदासियों और छोटी ख़ुशियों से जुड़ी थी। वह इस हाल को कह नहीं पाती थी। इन सबके बारे में लिखा नहीं जा सकता था। इन बातों को देखें तो हर किसी की नज़र से वे अलग-अलग देखी समझी जाती। संभव है कि कुछ दोस्तों और रिश्तेदारों को ये हाल एक निजी अनुभव और कल्पना भर लगता। किंतु जिस यथार्थ को वह जी रही थी, वह जीना कठिन था।

एक सामान्य लड़की। नाम एलची ढाका। डिजाइनिंग पढ़ने के बाद सात सालों से घर चला रही थी। ऑक्टोपस मार्केट के ठीक सामने की बिल्डिंग में सातवें माले पर एक किराये के फ्लैट में रहती थी। उसके पास ज़िंदगी को लेकर जो प्लान थे, वे सब स्थगित थे। उनको स्थगित होना कहना, एक अच्छी बात थी। उसे अक्सर इस बात का डर लगा रहता था कि स्थगित कहने के नाम पर कहीं उसने अपने ही सपनों को असमय अंतिम साँसे लेते हुए तो न देख लिया हो। एक बात उसे हमेशा सताती थी कि अगर वे प्लान स्थगित थे तो वह चार साल की बेटी और एक तीस साल के आदमी के साथ क्या कर रही थी। ये स्थगन कब तक के लिए है? इसी सवाल की ज़द में आकर वह हताश होती थी। बाक़ी उसे दिनों की कतरनें करना और रातों की तहें लगाना ख़ूब आता था।

तीन रोज़ पहले से उसे किसी भारी घने काले साये ने घेर लिया था। कुछ जो आहिस्ता-आहिस्ता कई सालों से घट रही थीं अचानक एक साथ उपस्थित होने लगा।

उस शाम पार्क में उसने देखा कि वे अचानक ग़ायब हो गईं। कुछ रोज़ पहले तक शाम के झुटपुटे और थोड़ी स्याह रंगत के उतरने से पहले तक वे यहीं सामने दिखती थीं। वे कतार में खड़े वृक्षों की शाखाओं पर द्वंद्व-युद्ध में डूबी होती थीं। वे जब एक-दूजे से अकेले या समूह बनाकर किसी विवाद पर अपना पक्ष रख रही होती थीं तब सलेटी रंग के पंखों के नीचे से पीली धूसर आभा दिखाई पड़ती थी। उनकी चहचाहट के शोर को किसी तरीक़े से भुला दिया जाए तो ऐसा लगता कि शाम से पहले इन ऊँचे वृक्षों में किसी ने पीली पन्नियाँ टाँग दी हैं। उनपर हल्का प्रकाश गिरता है और बुझ जाता है।

उन चिड़ियों के जाने ने उसे डरा दिया था।

चिड़ियों का वह दल उसके जीवन में इतना शामिल था कि उनके न दिखाई देने से एक डर उतर आया। उनका ग़ायब होना एक हल्के सदमे की तरह आया। अरे! उनको क्या हुआ। वे कैसे इस तरह ग़ायब हो गईं! देर तक पार्क की बेंच पर चुप बैठे हुए एलची सोचती रही। हमारे जीवन में क्या कुछ समाया होता है और हम उसे कभी समझ नहीं पाते! वे धूसर रंग की शोर मचाती झुंड में उड़ती-फिरती चिड़ियाँ, उसके जीवन का हिस्सा थीं। उसे ये बात मालूम ही न थी। वे नहीं दिखीं तो सहम गई। जैसे कुछ हाथ से छूटकर गिरा और टूट गया हो।

वह रात को घर आई तो चिड़ियों का झुंड भी एक स्मृति की तरह साथ चला आया। सीढ़ियों पर वह अचानक ठिठकी और काँप उठी। उसके हाथ में देबा की अंगुली नहीं थी। वह घर की चाबी हाथ में लिए झटके से पीछे मुड़ी। उसने देखा कि देबा रुककर सीढ़ियों से नीचे पार्क में देख रही थी। उसने गहरी साँस ली। उसे लगा कि चिड़ियों की तरह कहीं देबा भी ग़ायब हो गई तो। यही सोचते ही साँस थम गई। पलभर वह अवाक् खड़ी रही।

चार साल की देबा रेलिंग की जाली को पकड़े हुए देख रही थी। देबा ने मुड़कर देखा। उसने सोचा कि अब मम्मा ने दरवाज़ा खोल लिया होगा और उसे दौड़कर घर में घुस जाना है। लेकिन मम्मा वहीं खड़ी थी। बाहर से पूर्ण और भीतर से ज़रा-ज़रा टूटन को देखती हुई। देबा को आते देखा तो दरवाज़ा खोलना याद आया।

देबा ने दौड़ लगाई और घर में भाग गई।

"देबा बेटू।" ऐसा कहते हुए अपने अबोले और बुरे ख़्यालों से बाहर आकर एलची ने घर का दरवाज़ा बंद किया। देबा की एक चप्पल हॉल में एक इस कोने में दूसरा उस कोने में पड़ा था। वह ऐसे ही दौड़ते हुए चप्पल खोलती है। जैसे हर तरफ़ एक गोल पोस्ट है और वह गोल करने जा रही है। फिर वही मिट्टी से भरे पाँव लिए टीवी के सामने वाले सोफे पर पालथी मार बैठी मिलती है।

एलची फिर कहती है- "देबा बेटू।"

देबा के चेहरे की मुस्कान के दोनों किनारे कानों को छूकर वहीं अटक जाते हैं। उसकी दंत पंक्तियाँ शाम के हल्के साये में तरतीब से रखे नगीनों की तरह चमकती हैं। वह आहिस्ता-आहिस्ता अपनी पालथी को खोलती है। जैसे-जैसे उसके पाँव नीचे आते हैं उसी क्रम में उसके चमकते हुए छोटे-छोटे दाँतों को सिमटती हुई मुस्कान ढक लेती है।

इसके बाद एलची के मुँह से सिलसिले में छोटी-छोटी बातें झरती हैं- "बेटा, इट्स रॉन्ग..." यू हैव टू ऑर डू नॉट। डू दिस एंड व्हाट्स दिस, व्हाट्स दैट जैसे किसी मशीन में ओम नमः शिवाय ओम नमः शिवाय का जाप रटा जा रहा हो।

शाम और रात के संधिकाल में एलची रसोई में होती है। वह पार्क जाने से पहले नौकरानी को काम इसी तरह बताती है जैसे छोले आलू उबाल देना, इमली भिगो देना, हरी मिर्च धोकर बारीक काट देना, धनियाँ की पत्तियाँ चुन देना। नौकरानी उतना ही करती है जितना मैम ने कहा होता है। एलची लौट कर अपनी रुचि से सब कुछ छौंकती पकाती है। कई बार वह इस असमंजस में होती है कि वह ये सब अपनी रुचि से कर रही है या इसे भी किसी भुलावे में उसकी रुचि बना दिया गया है।

चार साल पहले की एक शाम थी।

हर्ष सोफे पर बैठा हुआ अपनी टाँगे सामने रखे स्टूल पर रखे हुए था। वह उसी तरह सोफे पर बैठी थी जैसे पालथी लगाकर देबा बैठा करती है। उन दोनों के

ड्रिंक एक थे मगर हर्ष टीवी देख रहा था और उसके हाथ में कोई किताब थी।

''एलू, हमें कुछ डिसाइड करना चाहिए।''

''क्या?''

''ऐसे कब तक?''

''कैसे?''

''कि तुम आठ बजे घर, मैं दस बजे।''

हर्ष के चेहरे पर टीवी से आने वाले प्रकाश का खेल चल रहा था। उसका चेहरा कभी रोशन होता, कभी बुझ जाता था। एलची ने उसे अपलक देखते हुए कहा- ''सब यही तो पॉसिबल है, जो हम कर रहे हैं। तुम्हारी जॉब ज़रूरी है, छोड़ना मैं भी नहीं चाहती। इससे हम सब मैनेज कर लेते हैं। बेटी है, तो उसकी प्रॉपर केयर हो रही है। और क्या?''

हर्ष को कोई ज़रूरी ही बात कहनी थी- ''हाँ, और कुछ नहीं। ड्राइवर हमको ड्रॉप कर देता है। कपड़े धुलने प्रेस को दे आता है। झाड़ू-पोंछा हो जाता है। प्रॉपर डस्टिंग होती है। किचन मेंटेन है। खाना स्वादिष्ट है। लाइफ फुल हेल्दी है। मगर...''

''मगर क्या?''

''मुझे कभी लगता नहीं कि ये हमारा घर है। ऐसा लगता है जैसे हम दोनों कमा रहे हैं और उसकी कमाई से कोई होटल में रहते हैं।''

एलची ने कुछ न कहा। उसने किताब एक तरफ़ रख दी। चार साल से इस तरह जीते हुए वह कभी ये सोच न पायी थी। उसे लगता था सब परफेक्ट है। अब अचानक लगा कि हाँ, क्या ऐसे ही जीते जाएँगे। होटल से निकलेंगे और होटल लौट आएँगे। हमारी बेटी की माँ उसकी आया और एक पिता की अँगुलियों में सुरक्षित रहने वाली अंगुलियाँ एक ड्राइवर के हाथ में।

हर्ष ने कहा -''इधर सरको तो।''

एलची ने आँख के इशारे से पूछा- "क्या?"

"सरको तो।"

वह पास सरक आई तो हर्ष ने कहा- "आई वांट टू किस यू!"

एलची की मुस्कान के किनारे भी देबा की मुस्कान की तरह कानों के किनारों पर जाकर अटक गए।

वे रात भर प्लान करते रहे। असल में प्लान वे नहीं कर रहे थे। प्लान हर्ष सुना रहा था और एलची सुन रही थी। उस रात सारे लालच को त्यागकर एक गृहणी वाले घर की नींव पड़ी। उस रात दोनों ने सुंदर और अपनेपन की ख़ुशबू से महकते हुए घर की ओर पहला क़दम बढ़ाया।

छः महीने पहले की एक रात।

उसे चार साल पुरानी ये बात याद आई। क्या बदला उस रात के बाद? इसके बारे में पहली बार उसने तब सोचा जब हल्की गिरती हुई रोशनी में उसने देखा कि हर्ष ने एक करवट ली और तकिये के पास से अपना फ़ोन उठाया। स्क्रीन ऑन करने से पहले हर्ष ने एलची की तरफ़ देखा। उसने अपनी आँखें बंद कर ली। हर्ष ने देखा कि वह सो रही है तो उसने फ़ोन का स्क्रीन ऑन किया। वह व्हाट्स एप पर कुछ पढ़ और लिख रहा था। एलची बिना करवट लिए उसे देखती रही।

रात के एक बजे। किससे और क्यों। एलची ने देखा कि हर्ष का चेहरा किसी दुविधा से भरा है। वह चेहरा एक याचक का चेहरा है। वह चेहरा कसाई के बाड़े में बँधी गाय जैसा हो गया है और पंद्रह मिनट लंबी इस बात के बाद आख़िरकार चेहरा एक आज़ाद जंगली सूअर में ढलकर रात के घने अँधेरे के जंगल में खो गया।

उसके बाद ये सिलसिला हो गया था। हर्ष हर रात इसी तरह व्हाट्स एप पर बिजी रहता था। उसका कहना था कि आजकल सब दफ़्तर में व्हाट्स एप ग्रुप्स बन गए हैं। हर कोई वहीं अपडेट करता है और वहीं से सबको देखना भी ज़रूरी होता है। अच्छा! फिर कई बार नींद नहीं आती तो कुछ फनी स्टफ देखना क्या

बुरा है! वह कई बार एलची को कोई लतीफ़ा पढ़कर सुनाता।

एलची लतीफ़ा सुनकर चुप उसके सामने देखती और वे दोनों आगे कुछ बोले बिना सो जाते।

कल शाम को पार्क में घुसते ही 'मम्मा' कहकर अंगुली छुड़ाकर देबा भाग गई। बेटी ने लगभग भाग जाने से पहले आवाज़ दी थी। एलची ठिठक गई कि अभी एक नन्हा बच्चा ठोकर में आते-आते बचा।

पार्क के पिछले दरवाज़े के पास ही बच्चों के झूले लगे थे।

वे सब बच्चे इसी जगह होते थे। एलची के लिए पार्क का पिछला दरवाज़ा सबसे नज़दीक का दरवाज़ा था। वे और उनके ब्लॉक के सब लोग यहीं से पार्क में दाख़िल होते। जो पार्क के जिस दरवाज़े के पास रहता है, वह उसी तरफ़ के हिस्से में अक्सर अपना समय बिता कर लौट जाता। जो लोग जॉगिंग के लिए आते, वे भी जब अपनी तरफ़ के हिस्से में होते हैं तब ज़्यादा इज़ी फील करते। दूसरी तरफ़ का हिस्सा आते ही उनको लगता कि अपरिचित क्षेत्र में प्रवेश कर गए हैं। उस तरफ़ उनकी चाल और चेहरे के हाव-भाव भी बदल जाते। वे वॉकिंग लेन से ध्यान हटाकर आस-पास के लोगों, दीवारों और दीवारों के बाहर तक सर ऊँचा करके देखने की कोशिश करते। पार्क में हर बेंच पर एक ही तरह की शक्लें दिखाई देतीं। वे शक्लें पड़ोसी देश के नागरिकों और अपने देश के नागरिकों में विभाजित थीं। उनमें से कुछ शक्लें ख़ासी अपरिचित थीं। इसलिए कि वे बहुत दूर चौथे टॉवर में रहती, कोई दो सौ मीटर दूर। ये सचमुच अजनबीयत की धरती पर उगा हुआ शहर था। अबोला ही इसकी कल्चर थी।

एलची कई दिनों से चीज़ों से टकरा रही थी मगर ऐसा कभी न हुआ कि इस तरह मासूम बच्चे को ठोकर लगा दें। यही आज फिर हुआ कि सुबह साढ़े तीन बजे वे सेलफ़ोन से टकरा गईं। दो बजकर बीस मिनट पर हर्ष ने फ्लाइट के लिए घर छोड़ा था। उसके जाने के बाद वह काफ़ी देर तक दरवाज़े पर खड़ी रही। जबकि आना किसी को नहीं था। हर्ष की फ्लाइट छूट भी जाती तो भी ये कोई बड़ी ख़ुशी की बात न होती। वह घर में होता मगर वैसे ही चुप जैसे घर की दीवारें।

इसी तरह चुप और किसी ख़्याल में खोई हुई खड़ी रहने के कुछ देर बाद वह जब अपने बिस्तर पर आई तो उसका पैर फ़ोन से टकराया। फ़ोन तो उसके हाथ में था फिर ये क्या चीज़ है। उसने देखा कि सचमुच फ़ोन बिस्तर पर ही पड़ा हुआ था। हर्ष का फोन।

उसके बदन में पैर के अँगूठे से होती हुई एक सनसनी दौड़ पड़ी।

सहसा उसने अपने फ़ोन का स्क्रीन ऑन किया और देखा पौने चार होने को आए। प्लेन ने टेक ऑफ़ कर लिया होगा। हर्ष को क्या अब तक ये ख़्याल नहीं आया कि उसका फ़ोन छूट गया है? आता तो वह ज़रूर फ़ोन करता। वह पलंग का सहारा लेकर बैठ गई। उसने फ़ोन को छूना चाहा। अँगुलियाँ जैसे ही फ़ोन के क़रीब पहुँचीं उसकी धड़कन बढ़ती गई। फ़ोन एक बम की तरह बिस्तर के कोने में पड़ा हुआ था। एलची बिस्तर पर ज़रा देर बैठने के बाद उठकर रसोई की तरफ़ गई। उसे समझ नहीं आया कि वह रसोई में क्यों आई है? क्या वह सेलफ़ोन से दूर भाग रही है। उसने रसोई से ही देखा। पलंग पर अँधेरा था। फ़ोन का स्क्रीन शांत था। वह आहिस्ता क़दमों से चलती हुई बेटी के पास आई और उसे ठीक से चादर ओढ़ाया।

फ़ोन अब भी छलिया, ज़हरीले जीव की तरह घात लगाए हुए पड़ा हुआ था। किसी भी पल अचानक अपने असल रूप में आकर डस सकता था। एलची ने बिस्तर पर बैठे हुए फ़ोन को फिर से देखा। वह निर्जीव था। अचानक लगा कि इस फ़ोन का मरण हो चुका है। अब ये इस निसंग संसार से कोई वास्ता नहीं रखता। उसने फिर फ़ोन की तरफ़ देखा। उसकी आँखों में नींद की जो तड़प थी उसे इस उपकरण ने छीन लिया था।

एक झपकी के बाद उसकी आँख खुली।

उसके पाँव फ़ोन के इतने क़रीब थे कि वह फिर से डर गई। तेज़ी से बेटी को उठाया और उसे गुनगुने दूध का मग दिया। बेटी दूध पी रही थी। उसकी आँखें इस तरह पूरी बंद थीं जैसे कोई दैवीय मूरत दूध पीकर भक्त को वरदान दे रही हो। कोई चमत्कार हो रहा हो। एलची ने कहा– "बेटा ज़रा मुस्कुराओ तो..."

दैवीय मूरत एक स्निग्ध मुस्कान से भर उठी। ये मुस्कान कान के किनारों तक जाने वाली नहीं थी। ये ऐसा था जैसे बुद्ध मुस्कुराए हों। आँखें उतनी ही बंद थीं जितनी हो सकती थी। थोड़ी देर में चेहरा स्थिर हो गया। दूध ख़त्म हो गया था और नन्ही देवी कुर्सी का सहारा लिए छत की और मुँह किए सो गई थी। वैसे वह जागी ही न थी।

एलची ने उसे कुर्सी से उठाया और खिड़की के पास खड़ी होकर चूमने लगी। ज़रा गुदगुदी करती ज़रा-सी नकली हँसी हँसती और फिर उसकी गर्दन पर अपने होंठ घुमाती। इस बीच एलची हवाई जहाज के लैंड होने के बारे में सोचने लगी। एक घंटा बीस मिनट की डोमेस्टिक उड़ान। दिल फिर एक बार धड़का। अब तक हर्ष को याद आना ही चाहिए था कि फ़ोन घर पर छूट गया है। क्या वो फ़ोन करके ये नहीं कहेगा कि मेरा फ़ोन स्विच ऑफ़ कर दो। क्या वो ऐसा करने को कहेगा तो स्क्रीन लॉक खोलना नहीं पड़ेगा। और स्क्रीन लॉक खोलने के बाद... खिड़की के पास खड़े हुए एलची ने एक निगाह फिर से फ़ोन पर डाली। वह नीले सुरमई रंग की बेड शीट पर काले धब्बे की तरह था।

देबा को स्कूल ड्रॉप करके वह घर नहीं आई।

वह कार ड्राइव करती हुई सोहना गाँव से आगे निकल आई। उसके पास कोई निश्चित ठौर न थी। वह बस ग्यारह बजने का इंतज़ार कर रही थी। वह दो घंटे बिताने के लिए और कुछ नया देखकर मन बदल सके इसलिए ड्राइव करती रही। सड़क के किनारे वह गाड़ी रोक लेने को धीमा करती तो पाती कि किनारों पर जमा पानी में प्लास्टिक तैर रहा है। ठहरा हुआ पानी सड़ने की गंध से भरा है। वह कार का शीशा उतारे बिना ही उस गंध को पहचान जाती है। जैसे कि अक्सर हम किसी को देखकर उसके हाल के बारे में एक अनुमान कर लेते हैं।

मुश्किलें आकर हमें याद दिलाती हैं कि ज़रा सोचो ज़िंदगी किधर जा रही है? मुश्किलों के बिना हम किसी आलू की तरह रेत में लुढ़कते रहते हैं। एलची का रेत में लुढ़कना बंद हो गया था। वह किसी आलू की जगह वटवृक्ष होने को अपनी जड़ें तलाशने लगी। मुश्किलों ने ही उसे अपनी बुनियाद के बारे में याद दिलाया।

चार साल पहले एलची ने उस रात जब होटल जैसे घर को सचमुच का घर बनाने की ओर क़दम बढ़ाया था, वह पहली बार का चौंकना न था। शादी के पहले एक साल बाद ही उसे याद आने लगा था कि उसने आख़िरी बार अच्छी नींद कब ली थी। उसने बचपन से लेकर अब तक कई बातें याद कीं मगर एक अच्छी नींद के बारे में वह सिर्फ़ इतना तय कर पाई कि जब तक आप अपना जीवन किसी को सौंप नहीं देते या किसी के जीवन की डोर अपने हाथ में नहीं ले लेते सिर्फ़ तब-तक एक अच्छी नींद के बारे में सोचा जा सकता है।

वह पहला एक साल फुर्र-फुर्र उड़ते फिरने जैसा था।

सुबहें ख़ूब अकड़ी हुई आती थीं मगर बदन अपने आप को किसी ख़ुशी में संभाल लेता था। ऑफिस। ऑफिस में फ़ोन कॉल। हर वक़्त एक हॉट लाइन थी। दोनों जुड़े ही रहते थे। वह कुछ समझाती तो हर्ष कहता कि बेअक्ल से शादी क्यों की? मैं तो ऐसे ही रहूँगा। वह ख़ुश होती थी। उसकी फ़ितरत में ऐसा न था कि केयरिंग और लविंग होने को प्रदर्शित करे। मगर उन दिनों सब शामें किसी-न-किसी रेस्तराँ या कहीं आउटिंग में बीतती गईं। वे दिन आहिस्ता नहीं, अचानक से हवा हुए।

उस एक साल बाद के किसी महीने में पहली बार उन दोनों ने वो बात की जो बात वे पहले से जानते आए थे।

हर्ष ने कहा- "मेरा तुम्हारा सबकुछ साझा है मगर ये ऐसा नहीं है कि हम एक-दूजे के स्पेस को ख़त्म कर दें।"

एलची चौंक गई थी। उसने ख़ूब प्यार से कहा- "ये कोई बात है कहने की?"

"हाँ, है तो नहीं। मगर सोचा कि तुम किसी संकोच से न कहो और मैं न बताऊँ तो अच्छा नहीं होगा। इसलिए तुम हमेशा याद रखो कि तुम्हारा अपना जीवन है और मैं उसका रेस्पेक्ट करता हूँ। मुझे तुम्हारे किसी मामले में तब तक रुचि नहीं होगी जब तक कि वह हम दोनों को प्रभावित न करे।"

एलची ख़ामोश, वह हैरत से भरी थी- "ऑफ़कोर्स मगर ये सब किसलिए?

मैं समझती हूँ।''

असल में ये समझदारी दो-एक साल बाद एलची को अलग तरह से समझ आई। एक ख़ास क़िस्म की दूरी थी जो स्पेस के नाम पर दोनों के बीच घर करती गई। लेकिन सब चलता रहा। ये चलना तब रुका जब एलची ने नौकरी छोड़ दी और घर को फुल टाइम अपना लिया। बेटी होने के एक साल बाद उसने फिर कंपनी ज्वाइन की थी मगर तीन महीने भर बाद ही उसे छोड़नी पड़ी।

बकौल हर्ष- ''डार्लिंग, एक एमएनसी का एशिया हेड अपने परिवार के लिए सबकुछ कर सकता है।''

पैसे की बात ख़त्म क़रार दे दी गई थी। इसलिए अब एलची के पास वक़्त था। वह सोच और सँवर सकती थी। उस घर को सुंदर बना सकती थी जिसके लिए उसने नौकरी छोड़ी थी। उन्हीं दिनों से अजनबीयत और उदासी ने घर करना शुरू भी किया।

अच्छे-भले दिनों की याद भी एक जादू है। कोई जादू कभी धोखा नहीं होता। इसलिए कि धोखा तब तक मुकम्मल नहीं है जब तक वह आपने न दिया हो। एलची ने क्या जादू किया था हर्ष पर? कुछ नहीं। वह ख़ुद चलकर आया था। ख़ुश रहता था। जहाँ जाओ उसी का साया। और फिर एक दिन दूर तक बिना परछाईं के खड़ी हुई एलची। हर चीज़ जो बाहर जैसी हमें दिखाई देती है, उसका सब आकार-प्रकार, रंग-लक्षण और प्रकृति क्या हमारे ही भीतर से आती है।

हम बिना छुए कैसे जान लेते हैं कि वह चीज़ तिकोनी है। इसलिए कि हमने सीख रखा है कि दिखाई पड़ने वाली त्रिआयामी वस्तु तिकोनी है। हम क्यों नहीं सीखकर आते हैं लोगों के बारे में जानना। उनको समझना। हम इतने बुद्धू क्यों होते हैं कि पहले लोगों के साथ ख़ुशी से ख़ुद को बाँटें और बाद में उनको जाने।

एलची ने कई बार ख़ुद से कहा कि सचमुच हम अपने-आपको अनेक सीख देते रहते हैं। ये सुख है। ये दुःख है। और ऐसी अनेक सीखों के बोझ तले अव्यापार जमा करते हैं। इसी तरह जब हम दोष देते हैं वे दोष हमारे अपने

होते हैं। उन सब दोषों का निर्यात नहीं किया जा सकता वे सब दोष उत्पादित या आयातित होते हैं। जैसे पानी गंदला नहीं होता अगर उसके भीतर मिट्टी नहीं होती। मिट्टी पानी के भीतर है। कोई आकाश धूसर न होता अगर हवा कुछ बारीक धूल उड़ा न लाती। कोई मिट्टी दलदल न होती अगर वह पानी को अपने पास न रखती। इसी तरह सब कुछ। मन के दर्पण पर जितनी खरोंचे हैं वे अपने ही नाख़ूनों की हैं। याद में जितने ज़हरीले काँटे हैं वे ख़ुद के बोये हुए हैं। इससे भी बड़ी बात कि वे खरोंचे हैं या नहीं ये हमें नहीं मालूम, वे ज़हर भरे काँटे हैं ये भी एक अनुमान भर है।

हर्ष जैसा था और वह जैसे थी, इन दोनों के बारे में एलची ने ख़ूब सोचा था। भला-बुरा सबकुछ।

वह पहले भी बहुत सोच चुकी थी इसलिए सोच के कारोबार से थकी हुई थी। कार ड्राइव करते हुए दिन के ग्यारह बजने की प्रतीक्षा करना कठिन हो गया था। वक़्त पत्थर का पहाड़ था। न काटा जा सकता था न वह सरकता था। अतीत के गलियारों की उदास ठंडी नमी में घूमते हुए उसकी आत्मा भारी हुई जा रही थी। सबकुछ जो तब किया था और एकदम ठीक समझ कर किया था। उसी सबकुछ का जो परिणाम सामने था वह कहीं से ठीक नहीं।

एलची ने कार को वापस मोड़ा। सड़क किनारे बैठी कुछ चिडियाँ उड़ीं। मील के पत्थर नहीं थे लोहे के होर्डिंग थे। शहर में स्वागत करते, शहर की ओर से अलविदा कहते हुए। उन पर वापसी का पता लिखा था, चालीस किलोमीटर। समय ने भी साथ दिया। सुबह के दस बजकर तीस मिनट। जो कठोर फ़ासला था वह लगभग कट गया। इतनी देर की उलझन कैसे इत्ती-सी देर में हल्की हो गई।

एलची ने कै.फ़े में उसी कोने में जगह बनाई जहाँ वह रोज़ बैठती है।

कल रात यहाँ किसी बच्चे का जन्मदिन मनाया गया होगा। रंगीन गुब्बारे लटक रहे थे। काग़ज़ की फर्रियों पर नए रंग थे। कै.फ़े में एक नयी ताज़ा ख़ुशबू भी थी। उसने बायीं तर.फ़ देखा। वह सीट ख़ाली थी जहाँ बारह बजे के आस-पास एक लड़की आकर बैठा करती थी। पिछले दो साल से उस लड़की से मिलने आज

तक कोई नहीं आया था। वह अपने लैपटॉप को देखती रहती थी। उसके थैले में हमेशा दो-तीन स्पायरल नोटबुक हुआ करती थी। वह उनमें कुछ-न-कुछ लिखती जाती थी। एलची की नज़र उस कोने से हटी तो कैफ़े के दरवाज़े की ओर चली गई। बायीं तरफ़ वाले फ्लैट में रहने वाली अंकिता की मम्मा चली आ रही थीं।

''हेलो।''

''कैसे हो आंटी?''

''मैं चिंटू के लिए कुछ लेने आई हूँ।''

''उसे भी अंदर बुला लो।''

अंकिता की मम्मा ने शीशे के पार देखा। चिंटू दो तरफ़ सपोर्ट वाले पहियों वाली सायकिल चला रहा था। वे अपना ऑर्डर करके एलची के पास बैठ गई। एलची को भी अच्छा लगा कि किसी से बात करो तो बेकार ख़्याल दूर हो जाते हैं। वे दोनों मुस्कुराती रहीं। फैमिली कैसी, सब कैसे और क्या हाल के बाद शाइना का ज़िक्र आया। एलची आगे बढ़कर इस बात को आज के दिन तो शुरू नहीं करती। फिर भी कहीं से ज़िक्र आ ही गया। अक्सर दूसरों के दुःखों का फेरा देकर अपने दुःखों को कम कर लेना कोई नयी बात भी नहीं। इसलिए भी संभव है कि शाइना का ज़िक्र हो आया।

''कुछ मालूम हुआ?''

''नहीं।'' कहते हुए अंकिता की मम्मा ने कहा- ''हम अजनबियों की दुनिया में जी रहे हैं। कोई किसी के बारे में कुछ नहीं जानता। बस, शाइना का बेटा दिखाई देता है। कल शाम को भी दादा के साथ खेल रहा था।''

''वह दो साल का है।''

''हाँ।'' अफ़सोस भरे चेहरे से उन्होंने कहा- ''कोई भी माँ कैसे इतने छोटे बेटे को छोड़ना गँवारा कर सकती है। मैं आते-जाते कभी देखती थी। परिवार के सब लोग चुप रहते हैं। कोई बोलता हुआ सुनाई नहीं देता।''

''हाँ, वे कभी लड़े नहीं, मैंने भी कभी उनके घर से आती कोई आवाज़ न

सुनी।"

एलची को आंटी ने ही बताया था कि शाइना के हसबेंड, उसके साथ इजी फील नहीं करते। वे रोज़ यही बात उससे कहते थे। मम्मा और पापा चुपचाप सुनते थे। एक शाम शाइना ने कहा, मैं कहीं और चली जाऊँ। उसके हसबेंड ने कहा, हाँ चली जाओ। शाइना ने पूछा बेटे को ले जा सकती हूँ। उन्होंने मना कर दिया। जब वह जा रही थी तब उदास थी मगर रो नहीं रही थी। उसे किसी ने नहीं रोका। वह अपना फ़ोन तक छोड़ गई।

शाइना को गए हुए कोई सात महीने हो गए थे। उसका इस तरह जाना एलची में गहरी उदासी भरता था।

चिंटू की पुकार पर उसकी दादी उठी। एलची इस गहन स्मृति को किसी एकांत में आगे नहीं बढ़ाना चाहती थी, इसलिए वह भी उठ गई- "रुको, आंटी मैं भी चलती हूँ।" एलची ने अपना लैपटॉप बंद किया काले भूरे रंग का थैला उठाया और कार को वहीं छोड़ दिया। कै.फ़े और उनकी बिल्डिंग के बीच एक सड़क का ही फ़ासला था। कार से घर जाने में ज़्यादा समय लगता। एलची ने सोचा कि देबा को लेने जाना ही है तब वह यहाँ से ही ले लेगी। कुछ एलची का मन घबराया हुआ था और वह आंटी के साथ अधिक-से-अधिक समय रहना चाह रही थी।

वे लोग पैदल चलते हुए दुकानों में झाँकते गलियों और एक चौड़ी सड़क को पार करके अपनी बिल्डिंग में आ गए थे।

एलची ने घर आते ही फिर से फ़ोन को देखा। उसने सोचा कि हम इस तरह समझदार क्यों होते हैं कि अपने सबसे निकट के व्यक्ति के स्पेस के नाम पर उसकी चीज़ों से दूरी बनाना शुरू कर देते हैं। उसके कपड़े को सूँघने का जो मादक सुख होता है उसे भूल जाते हैं। उसकी थैले को छूते नहीं। उसकी वॉलेट को देखते नहीं। उसके फ़ोन पर नज़र नहीं डालते। और जब उपेक्षा से ऊब कर लड़ने को जी चाहता है तब समझदार होकर घनी चुप्पी को मन में बसा लेते हैं।

क्या मैं इस फ़ोन को उठाकर इसका पोस्टमार्टम कर दूँ? ये एक विचार भर था। उसने ग़ुस्से और नाराज़गी में उसे छुआ तक नहीं। वह लंच की तैयारी करने

लगी। दो बजे देबा को लेने जाने का समय है। वह घर आते ही कुछ नहीं खाती। उसके लिए कुछ ऐसा फास्ट फूड टाइप बनाती है, जो उसमें लालच भर सके। एलची जानती थी कि बच्चा न खाए तो उसे जबरन नहीं खिलाना चाहिए मगर उसको इसमें सुख आता कि स्कूल से आई बेटी को कुछ खाते हुए देखे।

एलची देबा को लेने बाहर निकली। सामने का फ्लैट बंद था। फ्लेट को देखने से कोई ख़ास फील नहीं आना चाहिए मगर जब आप उसके अंदर की कुछ चीज़ों और संबंधों के बारे में जानते हैं तो फ्लैट को देखकर कुछ सोचने लगते ही हैं। शाइना क्यों चली गई होगी? क्या वह भी इसी तरह एक दिन देबा को छोड़कर जा सकती है? वह नहीं जा पाएगी। क्या कोई तकली.फ सचमुच इतनी बड़ी हो सकती है कि अपनी बच्चे को छोड़कर कहीं जाया जाए?

एलची को कुछ समझ न आया मगर इन दिनों वह समझने लगी थी कि कुछ दुःख असंभव होते हैं। बाहर से सब सुखी दिखने वाली चीज़ें भी गहराई से दुःखी कर सकती हैं।

माँ-बेटी दोनों दोपहर में सुस्ताने लगे।

एलची को नींद ने घेर ही लिया। दो घंटे बाद उसकी आँख खुली। देबा सो रही थी और शाम होने को आई थी। सवा पाँच बज चुके थे। उसने खिड़की से पर्दा हटाया। उसकी आँखें अद्भुत चमक से भर गई। वह जहाँ तक ठीक देख पा रही थी, एक कार खड़ी दिख रही थी। उसके पास बिल्कुल शाइना जैसी कोई खड़ी था। एकदम शाइना। उसके बदन के रोंगटे खड़े हो गए। उसके भीतर उत्त ेजना की लहर दौड़ी। एलची खिड़की से हटी और तुरंत दरवाज़े के पास आ गई। पहले उसने सोचा बाहरी लोगों को देखने के लिए बने छेद वाले काँच से देखे। असमंजस में वह कुछ पल खड़ी रही। उसने कुछ सोचकर दरवाज़ा खोल दिया। एक सुनियोजित घटना की तरह दरवाज़ा खुला और सामने उसे शाइना, उसके पति और सास-ससुर दिखाई दिए। एलची को जाने किसने प्रेरित किया कि वह ख़ूब ज़ोर से चीखी- "हाय शाइना।"

शाइना ने मुस्कान से एलची को देखा और चमकती हुई आँखों से बिना कुछ

कहे अपने फ्लैट की ओर बढ़ गई।

हाँ, शाइना ख़ूब मुस्कान से भरी थी। बाक़ी सब उसके पीछे-पीछे चल रहे थे। वे सब लोग फ्लैट में चले गए तब एलची ने अपने घर का दरवाज़ा बंद किया। उसने खिड़की से पूरा पर्दा हटाया। जैसे सब कुछ इसी पर्दे के पीछे छिपा हो। उसने ऊँचे पेड़ों पर इस उम्मीद में निगाह डाली कि क्या धूसर रंग वाली चिड़ियों का दल शोर मचाता हुआ लौट आया है। एलची को कुछ न दिखाई दिया।

देबा के लिए दूध गुनगुना कर लिया था। देबा पालथी मारे सोफे पर बैठी थी। कार्टून चल रहे थे। लाल-पीले और हरे रंग से टीवी भरा हुआ था। संगीत के छोटे-छोटे टुकड़े और नन्हे बच्चों के लिए डब की हुई आवाज़े एक हल्का मौसम बुन रही थीं। एलची को याद आया कि हर्ष आठ बजे तक घर पहुँच जाएगा। एलची ने अपने पैर के अँगूठे से फ़ोन को छुआ और धीरे से पलंग से परे सरकाना शुरू किया। उसे पलंग से नीचे आख़िरी धक्का देने से पहले उसने सोचा कि वह हर्ष को बच्चों के कार्टून करेक्टर के संवाद की तरह कहेगी- ''तुम्हारे फ़ोन ने पलंग से कूदकर आत्महत्या कर ली।''

उसके चेहरे पर एक लज्जा और शरारत भरी मुस्कान थी।

खिड़की के पर्दे के पार शायद किसी चिड़िया की आवाज़ थी। एलची को पक्का यक़ीन तो न था मगर उसने चिड़िया की आवाज़ सुनी ज़रूर थी।

बिल्लियाँ

बिल्ली ने ज़रा-सी आँखें उठाई। उसने क्षण भर को देखा और बिना कोई असर लिए अपनी आँखें बंद कर लीं। वह बालकनी की रेलिंग पर अधलेटी थी। बालकनी के पार साफ़ खुला आसमान था। सुबह के नौ बजे थे। दो घंटे बाद रवींद्र की गाड़ी आनी थी। सप्ताह भर से उसी का इंतज़ार था।

विशाखा ने टैक्सी ऑपरेटर को फ़ोन किया। उसने बताया कि ड्राइवर दस बजे तक आ जाएगा।

रात फिर भारी थी। काली घनी अंधियारी, साँय-साँय करती हुई। हवा का शोर कुछ ज़्यादा ही था। रह-रहकर बिल्लियों के लड़ने की आवाज़ें क़रीब आतीं और फिर हवा के साथ घुल कर ग़ायब हो जातीं। विशाखा एक करवट लेने से पहले अपने फ़ोन में समय देखती। रात कई बार इसी तरह की करवटों में होती

थी। पतले होंठों पर कोई बात नहीं होती थी। उसे होंठ हिलाकर या बोलकर पढ़ने वाले लोगों से नफ़रत थी। उसके होंठ पढ़ते समय स्थिर रहते थे। रात को पढ़ते समय भी। जैसे रात की गुज़र को ठहर से भरकर देखना।

विशाखा एक सर्वे के सिलसिले में रेगिस्तानी इलाक़े में थी। उसका काम यही था कि यहाँ किस तरह की मदद का प्लान तैयार किया जाए, ये प्लान करना था। उसके दिन अच्छे बीत जाते थे। हालाँकि, वह दो महीने से ज़्यादा किसी क़स्बे में न रुकी। मगर जहाँ भी रुकी हर जगह सुकून था। कोई दौड़-भाग न थी। दूर से कोई देखे तो लगता कि यहाँ के लोग अपना जीवन आराम करने में बिता रहे हैं किंतु यहाँ के लोग ख़ूब मेहनती थे। ये तो गर्मी और लू का असर ऐसा होता कि काम करने के लिए दोपहरें सुस्ताते हुए बितानी होती थीं। यहाँ दूर-दूर तक कम लोग दिखाई देते हैं, इसलिए भी गर्मी का असर ज़्यादा दिखाई देता है। गर्मी का हाल तो दिल्ली में इससे भी बुरा होता है। चिपचिप से भरी जानलेवा गर्मी, जबकि यहाँ पसीना तुरंत सूख जाता और बड़ा आराम आता। एक लू है जो कई बार जान ले जाती है।

रवींद्र को पिक करने जाने से पहले विशाखा ने सोचा कि क्या उसे कुछ साथ में लेना चाहिए? हाँ, एक स्का.र्फ़ और पानी की बोतल। जून के महीने में तीखी गर्मी विदा होने को है मगर फिर भी तपती झुलसाती हवा अपने पूरे शबाब पर। उसे साथ ले जाने के लिए और कुछ याद न आया। बस एक एक्स्ट्रा छोटा सूती स्का.र्फ़ बैग में रख लिया। इसलिए कि अगर रवींद्र के पास बड़ा रुमाल न हुआ तो वह ये स्का.र्फ़ बाँध ले। बीस किलोमीटर का स.फ़र है। नज़दीक के रेलवे स्टेशन तक कार में जाना और आना था। यहाँ एसी कारें ख़ूब हैं मगर कम दूरी के लिए लोग चलाते नहीं। बाहर आते ही लू की चपेट में आने का ख़तरा।

जब कार का हॉर्न बजा तब उसने एक बार फिर से सोचा कुछ और लेना है? कुछ छूट तो नहीं गया?

ऐसे सामान छूटने की याद के साथ विशाखा को आठ साल पुराना रवींद्र याद आया। रवींद्र को अपना सामान याद रहे ये नामुमकिन था। अक्सर कोई उसे अपना सामान पकड़ा देता तो तय था कि वह सामान कहीं छूट ही जाएगा। वह बातों के

बहाव में सब भूल जाता था। उस बेढब आदमी के साथ काम करने की एक सुबह याद आई। ये साल नब्बे के ऐसे गर्म दिनों की एक सुबह थी। जब वह रवींद्र के कमरे पर पहुँची तब पाया कि जनाब औंधे पड़े हुए हैं। तकिया सर के ऊपर है। पानी की बोतल लुढ़ककर दरवाज़े के पास पड़ी हुई है। खाने के बर्तन आँगन के ठीक बीच में पड़े हैं। लकड़ी के जिस ढाई गुणा छः के तख़्ते पर वह लेटा था उसके नीचे व्हिस्की का एक ख़ाली पव्वा सीधा खड़ा था। जैसे अंदर से ख़ाली लोग ज़्यादा दिखावा करते हों।

"रवि।"

विशाखा ने आवाज़ दी। एक नहीं तीन-चार बार पुकारा। उसने तकिया हटाये बिना तकिये के नीचे से एक पतली झिर्री बनाई। वहाँ से उसका चेहरा एक पतली लकीर की तरह दिखा। ललाट, आँख, होंठ और ठोडी एक कतरन की तरह थे।

विशाखा खड़ी थी। इस असमंजस में कि ऐसे बेहूदा आदमी के बिखेरे हुए सामान को समेटे या चुपचाप चली जाए। उसने ज़रा-सी देर में फिर से आवाज़ दी और सामान को ठिकाने पर रखने लगी।

व्हिस्की की बू से भरे इस कमरे में रवि का चेहरा देखो तो लगता था, जैसे अभी-अभी सोया होगा।

उसका कहना था कि वह ऐसे ही हर रात सब चीज़ों को ठोकर मार देता था। अपनी महबूबा को भी। जब पूछा जाता कि महबूबा कौन है तो मालूम होता कि महबूबा नहीं है। तो जो नहीं थी उसे भी वह ठोकर मार देता था। इसके सिवा और जो कुछ था उसे मोहब्बत कहना बेमानी था। ना उसने कभी आई लव यू सुना, न रवि ने कभी कहा। लड़की, वही सामने खड़ी थी जिसके महबूबा होने की आशा थी। उस सुबह रवि तकिये के नीचे से उसे देख रहा था।

"साहेब। इधर देखो तो।"

"हाँ, देख लिया। यार या तो मुसलमान रहो या काफ़िर हो जाओ, खच्चर कहीं के। ना कोई मुसल ईमान हैं न बे-ईमान।"

‘‘ये सुबह-सुबह क्या ज्ञान चढ़ा है ?’’

‘‘कहीं बैठो।’’ ऐसा कहते हुए रवि ने देखा कि कमरे में बैठने को कुर्सी-मोढ़ा कुछ नहीं है। उसने अपनी टाँगें समेटीं।

वह बैठी नहीं। उसने बर्तन सिंक में डाले। पानी की बोतल भरा। ‘‘तुमने रात को यहाँ क्या शराब पार्टी की है ?’’

रवि ने कहा- ‘‘रात देखा कि बस एक पेग बचा रह गया। जैसे किसी दुश्मन का सर था और बेख़याली में कलम करने से रह गया था। तो मैंने उसे भी कलम कर दिया। सब बची हुई चीज़ें मेरा ध्यान को अटकाए हुए रहती हैं। इसलिए उनका ख़त्म हो जाना अच्छा है। चीज़ ख़त्म, बोझ से मुक्त हुए।’’ ऐसा कहते हुए रवि मुस्कुरा रहा था- ‘‘नशे में ऐसा लग रहा था जैसे बस्ती-बस्ती अपनी तेग के किनारे ख़ून से भरे हुए, थके हारे बेमज़ा सिपाही को आख़िर ज़िंदा आदमी दिखा हो। मन हुआ रहने दो मगर फिर क़त्ल करना ही पड़ा। बस यही।’’

विशाखा ने सिंक का मुआयना करते हुए कहा- ‘‘तो जंग ख़त्म हुई या कई विश्वयुद्ध और लड़े जाने बाक़ी हैं ?’’

रवि ने कहा- ‘‘तुम ज़रा उसी तरफ़ देखती रहो तब तक मैं जींस डाल लूँ।’’ वह चद्दर से बाहर आया आले में फेंकी हुई जींस पहनते हुए बोला- ‘‘कोई पार्टी-वार्टी कुछ नहीं थी। थक गया था तो आराम कर रहा था।’’

‘‘तुम्हारा एनर्जी ड्रिंक काम आया आराम के लिए।’’

‘‘तुम होती तो एनर्जी का वॉल्यूम बढ़ा भी सकता था ये ड्रिंक।’’

‘‘मुझे होने में कोई परेशानी नहीं, मगर ये किस ख़ुशी में ?’’

बीस दिन से रवि, विशाखा और बहुत सारे आर्टिस्ट शकूरबस्ती के बच्चों के साथ अनेक कलाओं पर कैंप कर रहे थे। सफ़दर को दिल से याद करने के लिए इससे बेहतर कुछ न था। रवि वहाँ बच्चों को कांगो बजाना सिखा रहा था। सब बच्चे उसके साथ ख़ूब मज़े करते थे। कांगो बजाना मुश्किल काम था मगर जाने क्यों सब बच्चे बिना झिझक हाथ आजमाने को आगे आ जाते थे।

ये शकूरबस्ती जिस शहर का हिस्सा थी, वह शहर उसका था ही नहीं। शहर ऐसी जिन बस्तियों से बना था, वे बस्तियाँ उस शहर की नहीं लगती थीं। कोई शक्ल, कोई सीरत, कोई ज़ुबाँ मेल नहीं खाती थी। सब कुछ अलग था। अलग-अलग पर्तों में बँटा हुआ। साफ़ अलग। उनमें कुछ ऐसा न था जो आपस में जोड़ता हो। एक शहर था ऊपर के लोगों से शुरू होता था लेकिन नीचे के लोग कितने नीचे थे ये देखा नहीं जा सकता था। शकूरबस्ती वही ब्लैक होल था जिसमें ये नहीं मालूम किया जा सकता था कि निचली पर्त कहाँ जाकर ख़त्म होती है। अनमोल ज़िंदगी का मोल इसी जगह पर शून्य तक आता था।

बेहद ग़ुस्से के बाद कलाकारों ने मिलकर ये तय किया था कि वे सफ़दर की हत्या का विरोध रचनात्मक रूप से करेंगे। जब शबाना ने फ़िल्म फेस्टिवल में विरोध का पर्चा पढ़ा तो उजली खाल ओढ़े हुए काले लोग काँप गए थे लेकिन रवि और विशाखा के लिए शबाना असल हिरोइन हो गई थी। उसके बाद से पाँच सितारा हैसियत वाले कलाकारों ने अपने एक दोस्त को याद करने के लिए इस धूल भरी ज़मीन को चुना था। रेल की पटरी के पास जगह नहीं बची थी। कुछ टेम्पोवालों ने स्टेशन के बाहर अपने तिपहिये खड़े करने की जगह को कला मेला करने के लिए दिया था। दो मंज़िला कच्ची झोंपड़ियों के बीच, दूर दिखती भव्य इमारतों के विलासी दृश्यों की परछाईं में, शोर और ज़िंदगी के सूनेपन के बीच सब शुरू हुआ।

रवि और विशाखा ख़ूब ख़ुश थे। वे ऐसा ही कुछ चाहते थे। वर्कशॉप के उद्‌घाटन वाले दिन जब हुसैन साहेब ने तबला पर कुछ बजाने से पहले मुँह से सुनाया- ता तिन तिन ता, धा धिन धिन धा... और सब सुनते रह गए। बच्चे और बड़े बूढ़े सब विभोर। हुसैन साहब ने तबला पर कुछ छोटी बंदिशें बजाईं। संगीत से मन के सुख के बारे में कुछ कहा और बच्चों को बुलाया- "आओ आओ, कौन बजाएगा तबला?"

कोई बच्चा न उठा।

हुसैन साहब ख़ुद उठे और दो बच्चों को पकड़कर सामने ले आए- "देखो ऐसे बैठो। हाथ ऐसे रखो और ऐसे थाप लगाओ।"

बच्चों ने कुछ देर किया मगर मज़ा न आया। वे सिर्फ़ मुँह से गाते रहे ता तिन तिन ता, धा धिन धिन धा। लेकिन जब रवि ने कांगों बजाना शुरू किया तो बच्चे ख़ूब मुस्कुराते रहे और वे दौड़-दौड़ कर रवि के पास जाकर खड़े होने लगे। वह एक मदारी था। उल्लास का पिटारा खोले हुए मदारी। चारों तरफ़ से घिरा हुआ। जैसे विज्ञान के विद्यार्थी प्रोफेसर के साथ कोई बायस्कोप देख रहे हों।

इन बच्चों की तरह विशाखा भी मुग्ध होकर उसका बजाना सुनती थी।

विशाखा और रवि का पहली बार मिलना सड़क के किनारे ही हुआ था। उस दिन सफ़दर हल्ला बोल कर रहे थे। प्ले के बाद जब सब आर्टिस्ट और कुछ लेखक अनौपचारिक सत्र में पार्क में बैठे हुए थे तब विशाखा ने अपने बारे में बताया था। उसका बताने का तरीक़ा अलग था। हाथ मिलाते हुए उसने कहा- "मैं सफ़दर सर की जूनियर हूँ। सेंट स्टीफेंसन में।"

रवि ने कहा- "मैं हिंदू में हूँ।" और तुरंत पूछ लिया- "आप बहुत छोटी दिखती हैं?"

"छोटी लगती हूँ न?"

"हाँ, बहुत छोटी।"

"जब मेरा जन्म हुआ, तब सर अंग्रेज़ी में एमए कर रहे थे।"

इसके बाद वे दोनों ख़ूब देर तक हँसते रहे। और फिर उनका मिलना कभी न रुका।

जब विशाखा रवि के कमरे पर आई थी उससे पहली रात रवि शकूरबस्ती से आया तो ख़ूब थका हुआ था। इस थकान में सुख था। वह ऐसे काम करते हुए ही थकना चाहता था। एक साथ इतने सारे कलाकार! चाय, गपशप, कविता कहानी, ड्रामा। कैसा बच्चों के साथ काम करने का सुख और कितना अद्‌भुत जीवन। मगर आदमी की ख़ुशी पर कुंडली मारे बैठा हुआ आदमी। ये कुंडली टूटती ही नहीं किसी हथौड़े किसी छेनी से। उसने शाम से ही सोचा था। कुछ दिन इस भीड़ से दूर अकेला पड़ा रहेगा। कहीं चला जाएगा। इसलिए आता हुआ थोड़ी व्हिस्की

ले आया था।

उन्होंने कुछ दिन पहले तय किया था कि वर्कशॉप ख़त्म होने के अगले दिन को वे ख़ूब तन्हाई में एक-दूजे के साथ बिताएँगे। विशाखा और रवि तैयार होकर बाहर निकल पड़े।

रवि को चलती बस के टायरों की आवाज़ सुनाई दी- जान ज़रा पास आओ, जान जरा पास आओ...ज़रा, ज़रा, ज़रा।

मीलों के फ़ासले और लाखों के ख़र्चे को लात मारकर दुनिया एक हो रही थी। इंटरनेट दुनिया का सारा हुस्न और ज्ञान कोने-कोने तक पहुँचा रहा था मगर इन दोनों के बीच एक ही सीट पर बैठे हुए कोई कनेक्शन नहीं दिखता। विशाखा को टायरों की आवाज़ वैसी नहीं सुनाई देती जैसी रवि सुन पाता था।

वे दोनों पुराने किले के पास उतर गए। हुमायूँ का मक़बरा ही उनकी मंज़िल था।

"अगर हम एक साथ जागें तो सुबह तुमको पहला ख़्याल क्या आएगा?" रवि ने एक घनी छाँव में बैठे हुए विशाखा की आँखों में देखते हुए ये बात कही।

विशाखा ठीक जवाब नहीं देती। वह हँसने लगती है- "तुम्हारे साथ जागने का तो पता नहीं मगर इन दिनों जब भी मेरी आँख खुलती है, एक बेसुरे बच्चे के भजन बज रहे होते हैं। वह पता नहीं क्या गाता है और उसका गाना सुनकर ईश्वर जाने कैसे प्रसन्न होते होंगे!"

रवि कहता है-"इस लिहाज़ से सर्दियाँ अच्छी हैं। गधों के रेंकने की आवाज़ बंद कमरों में नहीं सुनाई पड़ती या फिर, हाय! जेब में चार पैसा हुआ होता और तौबा वाली गर्मी में कमरा बंद करते और एसी में कोई कंबल ओढ़कर सो सकते।"

अपनी बात में ज़रा-सा विराम लेते हुए रवि को कुछ याद आया- "और वह तुम्हारा दोस्त?"

"कौन?"

"वही, जिसके लिए शेक्सपीयर की पोएट्री ज़िंदगी है"

"इडियट!"

"कैसा दिखता है न, और जहाँ जाओ पीछे। मैं तो कहता हूँ उससे अधिक समर्पित तुमको कोई न मिलेगा।"

ये बात सुनकर विशाखा धक्का देने या रूठ जाने जैसी कोई प्रतिक्रिया नहीं करती। वह शांत भाव से कहती है– "प्रेम न हुआ, कोई मुग़ल गार्डन की सैर हुई। चलो घूम आएँ।"

बाहर भीतर से कितनी अलग है विशाखा। एक ही आदमी और औरत में कितने सलीक़े छुपे होते हैं। रवि चुप होकर उसे देखने लगा। वह इसी तरह देखता है जैसे आज ही देखा हो। विशाखा के बिना उसे एक डर सताता रहता है। वह जब भी ख़ुद के पास होता है और अधिक डर जाता है। ख़ुद के पास आने के ख़्याल से अचानक एक ख़ौफ़नाक ख़्याल आता है कि मैं विशाखा से दूर होता जा रहा हूँ।

वह उसके क़रीब बैठा था।

अफगानिस्तान के हेरात से आए कलाकारों की नाज़ुक अँगुलियों और सख़्त पत्थरों पर बुनी फारसी वास्तुकला के साये में रवि और विशाखा ने जो दिन बिताया था। वह कभी न भूलने वाला दिन था। हालाँकि, कई बार वे कुछ और जगहों पर इसी तरह घंटों बैठे रहे थे। उन्होंने कई बार इसी तरह की बातें की थीं। लेकिन ये मुलाक़ात चुप्पी में भी ऐसे सवालों और जवाबों से भरी थी जिनका होना जैसे इसी दिन के लिए तय था। एक ही बात कई अर्थ देती है। जैसा हमारा मन होता है वैसा बातों का गहरा–उथला होना। रवि और विशाखा दोनों का मन था कि मन की बात हो। वे मगर कुछ उसी तरह कह न पाए।

वे साल भर से दोस्त थे। नए सेशन में मिले थे और छः महीने बाद उनके बीच गहरा लगाव था। नए साल की जनवरी में उसने विशाखा से कहा था कि मेरा कोई भरोसा नहीं है। पहली बार विशाखा उदास हुई– "तुम्हारा भरोसा क्यों नहीं

है?" रवि ने ख़ूब बातें बनाई मगर बात न बनी। दोनों उदास रहे। आख़िरकार रवि ने कहा- "मैंने यूँ ही कह दिया था।" विशाखा ने कहा- "आगे से यूँ ही कुछ न कहना।"

क्या विशाखा को उससे प्यार है?

कई सप्ताह बाद जब रवि विशाखा मिले थे तब जनवरी का महीना लगभग बीत चुका था। उन्हीं कुछ बचे हुए आख़िरी दिनों की शाम उन्होंने तय किया कि ज़िंदगी बेशक़ीमती है और दोस्त का होना उससे ज़्यादा ज़रूरी। हम बिल्कुल फ़ालतू नहीं हैं। हमारा होना एक-दूजे के लिए ज़रूरी है।

वो उम्र ही कैसी होती है न! कॉलेज जाने की उम्र। जिज्ञासा से भरे हुए भटकने की उम्र। रवि और विशाखा लगातार मिलते रहे। उनके बीच सहज आकर्षण से बढ़कर एक आकर्षण था।

जब विशाखा शेक्सपीयर की भाषा पर कोई जोक सुनाती तब रवि सोचता रहता। उसे उल्टे-पुल्टे अंग्रेज़ी के शब्दों से बने जोक अपील नहीं करते थे। उसके पास सिर्फ़ प्रश्न होते थे। कुछ बूढ़े शायरों ने रूह का हल्ला मचा रखा था। गहरी बात कोई कहानी हो तो रूह तक पहुँचना ज़रूरी हो गया था। जैसे रवि सीधी-सी बात को ऐसे कहता- "क़ुदरत ने बदन बनाया। लोच और गर्मी से भरा हुआ। यही ख़ूब था। इसके आगे रूह जैसी आफ़त बनाई।" इसके आगे वह और अधिक ज्ञानी होता जाता। जैसे इल्म के, ज्ञान के, रोशनी के असल नशे का ख्याल आते ही शराब पानी हो जाती है। उसी तरह रूह का ख़्याल आते ही बदन एक माँस का लोथड़ा भर रह जाना चाहिए था। लेकिन विशाखा तुम जब जोक सुनाती हो तब भी मुझे तुम्हारी सुंदरता ही दिखती है।

वह हर रंग हर तरह के कपड़े में सुंदर दिखती थी। उसे वही चाहिए थी। रवि अक्सर सोचता कि क्या वह उसके थोड़ा क़रीब आते ही हाथ पकड़कर अपने ऊपर खींच ले। ऐसा कभी न होता था। वह अपने बदन की ज़रूरतों से उकता जाता था। तब वह दूरी का ड्रामा करता था। विशाखा कहती- "इतना कोंशियस होने की ज़रूरत नहीं है।" वह उसका हाथ पकड़ती और क़रीब हो जाती।

इसी तरह साथ चलते हुए वे अपना पोस्ट ग्रेज्युएशन ख़त्म कर चुके थे।

मावलंकर हॉल में हबीब तनवीर की टीम चरणदास चोर करने आई। रवि को वहीं विशाखा से मिलना था। उसने देखा कि विशाखा के क़रीब एक चिपका-चिपका-सा आदमी घूम रहा है। वह भी पूरी तरह औपचारिक वेशभूषा में। कोट-टाई धारण किए हुए। उसने अगर सफारी सूट पहना होता तो यक़ीनन वह किसी फिल्म हिरोइन का बाउंसर-सा दिखता। साला नमूना। प्ले देखने आया है कि कोई मीटिंग में आया है। वह साए की तरह साथ चल रहा था। ऐसे बात कर रहा था जैसे विशाखा और उसके सिवा आस-पास कोई और है ही नहीं। वे दोनों किसी जटिल गाँठ की तरह उलझे हुए थे।

विशाखा ने जब रवि को देखा तो वह हैलो कहती हुई उसकी ओर बढ़ गई। साया हाँफता लरज़ता हुआ पल में उनके पास आ पहुँचा। विशाखा ने परिचय करवाने के लिए जैसे ही हाथ से कुछ इशारा किया रवि ने उसका हाथ पकड़ कर नीचे कर दिया। वह विशाखा को खींचता हुआ दस बीस क़दम दूर ले गया।

विशाखा ने अपना हाथ छुड़ाते हुए कहा- "क्या हुआ है तुम्हें? ऐसा बिहेव क्यों कर रहे हो? वो मेरे..."

साया वहीं सामने खड़ा था। उसमें अपमान और दंभ के रसायन प्रवाहित हो रहे थे। वह ख़ुद को लगातार बेचैनी से भर रहा था। उसके कुछ समझ न आया कि वह वहीं खड़ा रहे या हॉल में चला जाए। उसकी उपस्थिति उसके खुद के लिए एक बोझ हुई जा रही थी। उसने एक बार विशाखा को देखा।

विशाखा ने इस तरह उसे अपने सामने देखते हुए देखा तो वह रवि के पास से उसकी तरफ़ चल दी।

चरणदास चोर के सत्य और सत्य के फल पर प्रकाश गिर रहा था। एक जादुई दुनिया में लोककथा के पात्र भीतर उतरे आते। सब दर्शक अभीभूत होकर सत्य की ओर बढ़ रहे थे, तब भी रवि विशाखा के बारे में सोच रहा था। वह अब तक उससे कितनी दूर जा चुकी है। ये कितना सत्य है?

वे नाटक देखकर बाहर आए तब रवि ने किसी का इंतज़ार नहीं किया। वह

बिना किसी से मिले चला आया।

समयमापी की एक टिक के बीच का फ़ासला कितना होता है?

बे-आवाज़ हल्का स्याह, तेज़ उजला, धूसर मटमैला, सिंदूरी या उदित गुलाबी रंग का बढ़ता हुआ कुछ, जो गुज़रता है बिना छुए। जिसके साथ खिलता है विशाखा की शक्ल में फूल और जिसकी जद में बिखरती है फूल की एक एक पंखुड़ी। एक साँस से दूसरी के बीच का फ़ासला उससे अलग होता है। जितना कि एक टिक के बीच का फ़ासला होता है। घड़ी नहीं थी मगर समय की टिक-टिक थी। रवि के ख़्यालों के टूटने की टिक।

जो बनाता है उसका मिटना कितना होता है?

क्या उसने कभी कहा था कि उसे क्या चाहिए। वे कितनी ही बार मिले। उन्होंने कितनी ही बहसें कीं रिलेशनशिप के बारे में, मगर अपने लिए कुछ कहा? कभी नहीं। रवि का मन कच्ची शराब का कारख़ाना था। तेज़ गंध वाली, तीखी और गले की नसों को चीरने की तरह चूमती हुई उतरती शराब बुनता रहा। ये शराब उदासी के सीले रूई पर तेज़ाब की तरह गिरती रही। एक धुआँ-सा उठता रहा। इस कोरे ख़्याल में मन खो जाता कि मैं ही क्यों कहूँ।

विशाखा के साथ चरणदास चोर देखने आए आदमी के बारे में रवि ने सोचा कि आज वह जिस तरह उसके साथ साया बना था तो क्या दिन भर ऐसे ही आगे-पीछे होता होगा? रवि की उदासी ख़त्म नहीं हो रही है। जल रहा था सबकुछ, जो ठहरा हुआ और भारी था। जिसके बोझ तले साँस नहीं आ रही थी।

"हम इसे क्लियर कर लेते हैं, मुझे ऐसा तमाशा दोबारा नहीं चाहिए।" विशाखा और रवि एक साथ बैठे हुए थे।

"ये क्लियर है, क्या तुमको मेरे साथ रहना है?"

विशाखा ने कहा- "नहीं।"

"फाइन।" रवि ने कहा।

विशाखा चुप बैठी हुई कहीं और देखती रही। उसने रवि को एक बार भी नहीं

देखा। विशाखा की आँखें छुपी हुई थीं। उनमें किस तरह की नाराज़गी या उदासी थी, उसे ज़ाहिर नहीं करना चाहती थी। कुर्सी सरकने की आवाज़ से विशाखा ने देखा कि रवि उठ गया है। वह बिना कुछ कहे बिल चुकाने जा रहा है।

वह लौटकर आया और बोला- "आओ बाहर तक साथ चलें।"

वे दोनों बाहर आ गए। उजले दिन में रास्ते-ही-रास्ते थे। किसी भी तरफ़ कोई भी जा सकता था। लोगों की भीड़ चली जा रही थी। वे जिस तरफ़ भी जाते एक भीड़ उनको अपना हिस्सा बना लेती। वे कहीं-न-कहीं पहुँच ही जाते।

थोड़ी देर के लिए वे खड़े रहे। रवि ने देखा, विशाखा ने अपना हाथ आगे बढ़ाया है। ये अलविदा से पहले का शेक हेंड है। उसने भारी मन से हाथ थामा। रवि को जितनी देर दोनों हाथों के मिले रहने की आशा थी उससे बहुत कम समय में उनके हाथ अलग हो गए।

विशाखा जा रही थी। क्रीम ट्राउजर और गहरे सलेटी रंग की क़मीज़ पहने हुए वह दूर भीड़ में कहीं गुम हो गई। उसी पल उन दोनों के बीच का रिश्ता भी खो गया।

रवि नहीं मान सका कि ये उसका अहंकार है जो प्रतिक्रिया कर रहा है। वह 'ना' सुनकर अपमानित महसूस कर रहा है। विशाखा का ना देना कहीं से उसकी कमतरी की ओर इशारा है। इस कमतरी से बढ़कर उसे इस बात की तकलीफ़ हुई कि वह किसी और के साथ रहेगी। क्या वह उम्र भर उसे देखा करेगा, अपने सिवा किसी और के साथ।

दुःख का उपचार, उससे एक और बड़ा दुःख ही होता है।

जंगल रवि को आवाज़ देने लगे। लौट आओ प्यारे बच्चे। इसी ज़मीन पर। इसी बीहड़ में। इसी हरियाली में। इसी जगह में जहाँ तुम उगे हो। रवि ने अपने मकान मालिक से कहा कि वह जा रहा है। जाने कब लौटकर आएगा। एक पर्ची चिपका रहा है दरवाज़े के पास। कोई पूछे तो उसे बता देना। पर्ची पर लिखा था- रवींद्र शेखर, तुसेल, जगदलपुर।

गाँव में ख़ूब सुख था। उसके आते ही काले-पीले जंगलों पर भरे-भरे बड़े बादल आने लगे। दूर तक पेड़ों की कतारें, झाड़ियों के झुरमुट, पानी के टप्पे। चिड़ियों का शोर, जानवरों की आवाज़ें। घर, खटिया, चचेरे भाई और गाँव के बाहर के घरों से उठती कच्ची हंडिया की गंध। चावल की कच्ची शराब। कसैली, तीखी और सटाक से चढ़ने वाली।

सातवें दिन बाबा बोले- "कितने दिन रविया?"

रवि ने सर उठाया- "क्या कितने दिन?"

"कब तक को आए हो?"

रवि को लगा कि माँ ने बाबा को बता दिया होगा कि वह अब यहीं रहेगा। लेकिन बाबा के सवाल से ऐसा नहीं जान पड़ा। उसने धीरे से कहा- "यहीं रहेंगे बाबा।"

"क्या करोगे?"

"जो आपने किया, जो आपके बाबा ने किया, वही करेंगे।"

"तकलीफ़ ही उठानी थी तो पड़े रहते यहीं, ख़र्च किया, भटकते फिरे। इतना पढ़ने-लिखने का ड्रामा!" बाबा की आवाज़ में तल्ख़ी थी। उन्होंने कहना जारी रखा- "क्या है यहाँ करने को, गाँव का भूखा आदमी सरकार की नज़र में चोर। जंगल में घुसा आदमी सरकार की नज़र में डाकू। ज़मीन की जोत पर खड़ा आदमी दुश्मन। कुछ पीकर मर गए। कुछ ग़ायब हो गए। कुछ ज़मानत के इंतज़ार में। कहाँ गया सब लड़का? एक दिन तुम्हारी माँ रोये जाएगी और हम मरते जाएँगे।"

"बाबा।"

"क्या लाल झंडा लेकर छातर-नेता चंदर शेखर..." बाबा ने मुँह फेर लिया।

रवि अविचल बैठा था। जैसे किसी ने मुस्कुराते हुए बारहसिंगा की गर्दन उस तेज़ शातिर धार से काट ली हो। कि वह भूल गया हो आख़िरी बार की तड़प के

भाव चेहरे पर लाना। उसकी आँखें और मुस्कान, आगत दर्द को व्यक्त करने से पहले ही ठहर गई हों। अक्षुण्य और अजर स्थिति। एक सुंदर दीवार पर टँगा हुआ अनश्वर सौंदर्य का प्रतीक।

एक बड़ा दुःख ही था जो रवि को महीने भर में उस छोटी-सी तड़प तक लौटा लाया। विशाखा जहाँ मिली थी, वही शहर।

विशाखा कहीं न गई थी। वह जिस कोचिंग इंस्टीट्यूट में एक्जीक्यूटिव थी, वहीं काम करती रही। उसका काम था कॉलेजों में सेमिनार करना। स्कूल्स के एडमिन को इंस्टीट्यूट के बारे में बताना और प्रॉफिट शेयरिंग बेसिस पर पार्टनर बनाना। दिन में एक या ज़्यादा-से-ज़्यादा दो जगह वह जा पाती थी। इसी काम में पहले उसने सोचा था कि वह बच्चों की मदद करेगी बाद में मालूम हुआ कि कोरा बिजनेस है। जब-जब छोड़ देना चाहा तब-तब कोई नयी सुविधा मिलती गई। इंस्टीट्यूट का मालिक जो उस दिन चरणदास चोर देखने आया था। विशाखा को उसी की मेहनत का एक हिस्सा काटकर दे देता था। जिस तरह की नौकरी की वह तलाश कर रही थी उससे अलग और चाही गई रक़म से दस गुनी जेब भरने वाली नौकरी थी। कमाई का धंधा था और कमाई से हिस्सा मिलता था।

एक शाम बॉस और विशाखा डिनर पर थे। शाम क्या रात के ग्यारह बज चुके थे। बॉस ने कहा- ''हम और अधिक आराम से रह सकते हैं।''

विशाखा ने पूछा- ''कैसे?''

''तुम चाहो तो मेरे साथ रह सकती हो।''

''साथ का अर्थ?''

''ओह! ज़्यादा भोली न बनो। पसंद है तो सोच लो।''

''क्या सोच लो?''

बॉस के चेहरे पर सख़्ती आई। कुछ ऐसी सख़्ती कि जैसे किसी भिखारी को अपने पास बिठा लिया हो। उसने कहा- ''ये बहुत सिंपल है, इसमें ओवर रिएक्ट करने की ज़रूरत नहीं है।''

विशाखा ने कहा- "किसी बात को साफ़ पूछना ओवर रिएक्ट करना नहीं होता है।"

बॉस ने कुर्सी की पीठ का सहारा ले लिया। वह किसी वेटर की तरफ़ देखने लगा। जैसे ही एक वेटर से नज़रें मिलीं उसे बुलाया और कहा- "दो स्माल..."

विशाखा उठ गई- "दो नहीं... एक।"

इस घटना में कुछ नया नहीं था। ऐसी घटनाएँ इसलिए आम थीं कि पैसा जहाँ कहीं आया था उसने सब रिश्तों और मनुष्यों को जींस की शक्ल में ढाल दिया था। पैसे से आदमी-औरतों का उपयोग किया जा सकता था। पैसा जिस किसी को नहीं बाँध पाया था, वह ऐसे ही ठोकर मारकर ख़ुश था।

विशाखा को मालूम था कि वह इस तरह के काम नहीं कर सकती। या तो वह किसी महाविद्यालय में पढ़ा सकती है या फिर एनजीओ के साथ काम कर सकती है। उसे काम जल्दी ही मिल भी गया था। उसने ख़ुद को स्वयंसेवक की तरह पेश किया, मगर एनजीओ के पास उसके लिए काफ़ी सम्मानजनक काम था।

सबकुछ ठीक था। मन को रुचने वाला। अर्थपूर्ण।

मगर कई बार अचानक जीना स्थगित हो जाता है। सब कुछ यथावत् और अर्थपूर्ण होते हुए भी जीना नहीं होता। जीवन तब कहाँ चला जाता है। जैसे हम कोई बात कहते-कहते रुक जाएँ। ऐसे ही चलती हुई ज़िंदगी का ठहरा होना। रुक जाने पर भी बात होती ही है कहीं-न-कहीं। ख़त्म थोड़े ही हो जाती है। ख़त्म हुई बात भी कहाँ ख़त्म होती है पूरी तरह। वह एक स्मृति की तरह बची ही रहती है।

जीना स्थगित करना, क्या प्रतीक्षा या स्मृति में चले जाना है? क्या ये स्मृति उस कांगो बजानेवाले लड़के की है?

जून के वे आख़िरी दिन इन सर्दियों तक फैल गए थे। इनमें से क्या चुना जा सकता था। अपने जीए हुए लम्हों से, उनसे चुने दुःखों और प्रतीक्षा से क्या रवि के सिवा कुछ चुनने लायक़ था।

क़िस्मत से नहीं, चाहना से वे फिर टकराए। रवि और विशाखा फिर से

एक साथ बैठे हुए थे। उस बैठने के बाद से वे लगातार मिलते रहे। उनके बीच कोई पॉज नहीं आया। विशाखा को एनजीओ पसंद आ गया था। रवि ने अंग्रेज़ी अख़बार के लिए काम शुरू कर दिया था। वह कई बार विशाखा से अपने ड्राफ्ट ठीक करवा लेता था। रवि के एक गुरुजी ने कहा था कि पत्रकारिता या ऐसा कोई काम करना चाहो तो अंग्रेज़ी में करना। हमारे देश में एक ही ख़बर और ड्राफ्ट के दो भाषाओं में अलग मोल हैं।

बड़े होने के साथ बूढ़े होते जाना अनिवार्य है। ये बुढ़ापा कई शक्लों में आता है। जैसे दो एक साल बाद ही उनका ऐसी वर्कशॉप से नाता टूट गया जो क्रांतिकारी ख़ून होने का दावा करती थी। अब उनका ख़ून रहने के लिए पक्के ठीहे, खाने के लिए उचित आहार और कल के लिए निश्चिंतता खोजने लगा।

कभी-कभी कोई शाम उन साथियों से मिलने में बीत जाती थी। पुराने दिन लौट आते थे। वहाँ भी हद दर्ज़े की एकरूपता थी। कम ओ बेश सभी साथी बूढ़े हुए ही थे। बूढ़े होना माने तकरीरों में आवाज़ नीची कर लेना और बुझे मन से कहना कि जो है वह है ही, बदल क्या रहा है। वे तकरीरों की जगहें अब भी ठीक ही लगती थीं। वे मन में बसी हुई थीं। जो नहीं बदले थे उनपर उनके साथ काम करने वाले हँसने लगे थे। यार, ये आदमी पागल हो जाएगा। मोटरसायकिल डायरीज, माँ, मेरा दागिस्तान, मैं नास्तिक क्यों हूँ ऐसी किताबें नयी पीढ़ी को सरका दी गई थीं।

उन्हीं शामों में से एक शाम विशाखा ने कहा- ''मैं रेगिस्तान जा रही हूँ।''

विशाखा जिस कोमल मन की थी, उसने उसी मन से इस जगह आते ही सूनेपन में मुरझाते जीवन को क़रीब से देखना शुरू कर दिया था। रेगिस्तान के इस कोने में कोई रोज़गार न था। बरसात और खेती एक दुःस्वप्न भर थे। इसलिए यहाँ के लोग ड्राइवरी करते। महीनों बाद कोई ट्रक घर के आगे आ के रुकता। बच्चे ख़ुशियों से भरे दौड़ते। अपने पिता के गले में बाँहें डालने को आतुर। ट्रक की सीट से टिकी रहने वाली पीठ और इसी ट्रक में सवार होकर आए कांडला पोर्ट पर बोरियाँ ढोने वाले मर्दों की पीठ फूल से बच्चों को अपने ऊपर लाद लेतीं। घर भर जाता। कितनी कमी हो जाती है एक अकेले इंसान के बाहर जाते ही। एक

इंसान का ज़िंदगी में लौट आना कितना बड़ा होता है।

क़स्बे के लगभग बाहर विमला का घर था। विमला के ख़ुशियों भरे दिनों पर पूर्ण विराम लग चुका था। दिन और रात एक रंग हो गए थे। कोई तीन साल पहले उसका ब्याह हुआ था। डॉक्टर कहता था, उसका पति किसी दूसरी औरत के पास से लाईलाज बीमारी ले आया था। कई दिनों तक बीमार रहा फिर जब पक्की बात मालूम हुई तो मज़दूरी का बहाना करके घर से निकल गया था। वह लौटकर नहीं आया, बस लाश ही आई थी। डॉक्टर ने विमला की भी जाँच करवाई थी। वह पॉजेटिव थी। सास-ससुर ने उसको अपने साथ नहीं रखा और दो कमरों का नया घर बनाकर सार्वजनिक रूप से अलग कर लिया था।

विशाखा जब अपने काम के सिलसिले में यहाँ आई तो पहला परिचय विमला से ही हुआ था। उसके घर को विशाखा ने अपना घर बनाया था। विमला को एक आसरा मिल गया। बाई जी से कुछ किराया मिल जाता और उससे भी बड़ी बात थी, काली अँधेरी डरावनी रातों में साँय-साँय करती हवा के बीच किसी के आस-पास होने का अहसास उसे जीवित रखता था। वह एक बेटे के लिए जिए जा रही थी। वर्ना ऐसे कुँओं की कोई कमी नहीं जिनसे बाहर न आया जा सके।

कल जब विशाखा घर पहुँची थी तो ज़्यादा थकी नहीं थी फिर क्या बात हुई कि आज उठी है तो आँखें ललाई से भरी हुई दिख रही हैं। बच्चे को नाश्ता करा रही विमला पूछ बैठती है- "बाई जी, रातभर किसको याद करते रहे?" विशाखा ने कुछ सवाल समझा कुछ न समझा। उसे इस तरह किसी को याद करते रातभर जागने की बात का ख़्याल ही नहीं आया। वह अपनी ज़िंदगी अपने हिसाब से जीती है। जिसमें साथ और याद उसके अपने चुने हुए होते हैं।

विशाखा पूछती है- "क्या कहा तुमने विमला?"

"नहीं बाईजी, मैंने पूछा आपकी आँखें लाल क्यों है?" विमला ने कहा और उत्तर की प्रतीक्षा करने लगी।

विशाखा मुस्काती हुई शिकायत करती है- "विमला, तुम्हारी बिल्लियाँ बड़ा शोर करती हैं। रातभर सोने नहीं दिया। अरे बाप रे! क्या लड़ाई करती हैं। मत

पूछो!"

विमला भेदभरी नजरों से देखती है। विशाखा से रहा नहीं जाता। पूछती है– "ऐसे क्या देख रही हो?"

"बाई जी, आपने बड़ी पढ़ाई की पर ये नहीं जाना कि बिल्लियाँ क्यों लड़ रही थीं?"

"मंगले का बापू जब घर आता था, तब हम भी रातभर यही लड़ाई करते थे।" दोनों हँस पड़ीं। ऐसी हँसी जो एक साथ उड़े कपोतों के पंखों से निकली हों।

विशाखा ने कहा "मेरा एक दोस्त है। वह कल यहाँ आ रहा है। मेरे पास ही रुकेगा। अगर तुमको कोई डर हो तो मैं उसे शहर ही रुकने को बोलूँ और ख़ुद उसके पास चली जाऊँ। फिर हम दोनों दिन में आएँगे।"

विमला अब उतनी दबी हुई न थी– "बाई जी, आप तो जानते ही हो कि मुझे बिना कारण गाँववालों ने कितना बदनाम किया मेरी बीमारी को लेकर। मैं तब भी नहीं डरी और आपने सबको छोड़कर मेरे घर पर रहना चाहा तो क्या मैं अब डरूँगी किसी से?"

"वैसे वो हैं क्या?"

"वो... ख़बरें लिखता है।"

"नहीं, मेरा मतलब है कि आपके क्या लगता है?"

"कुछ नहीं, बस दोस्त है।"

विमला शरारती आँखों से देखती हुई बोलती है– "आने दो, मैं भी देखूँगी आपका दोस्त कैसा होता है, और जी चाहे तो रोक लेना अपने पास हमेशा के लिए।" इतना कहते हुए विमला फिर से हँसने लगी।

"वैसी कोई बात नहीं है। जो तू सोचती है।"

रेलगाड़ी आई। रवि आया। वे दोनों साथ चलते हुए कार में आ बैठे।

एक-दूजे को देखते मुस्कुराते हुए। रवि ने थोड़ा आगे देखा कि सड़क के किनारे एक मरी हुई गाय पड़ी थी। रवि ने ड्राइवर से कहा- ''कार को साइड में रोक लो भैया।'' रेगिस्तान के इस भूगोल में दूर-दूर तक घास पत्ती का कोई निशान ना था। उसने इधर-उधर निगाह दौड़ाई। दूर एक केर की झाड़ी की ओट में एक बारह-तेरह साल की उम्र का लड़का बैठा दिखाई दिया। उसे हाथ के इशारे से अपने पास बुलाया।

''क्या नाम है?''

''खेताराम।''

''ये गाय किसकी मर गई?''

''बिरधाराम की।''

''अच्छा, एक काम करोगे?''

''क्या?''

''इस गाय के पास अपना सर पकड़ के बैठ जाओ, ऐसा लगे जैसे तुम्हारी ही गाय मरी है।''

लड़का यहाँ-वहाँ देखने लगा तो रवि ने उसको जेब से पचास का नोट निकाला और दिखाया। लड़के ने अभ्यस्त कलाकार की तरह अपनी क़मीज़ भी उतार दिया और सर पकड़ के गाय के पास रोनी सूरत बनाकर बैठ गया। रवि ने कई एंगल से फोटो खींचे। कार में बैठते हुए रवि ने कहा- ''रेगिस्तान, अपूर्व सूखे की चपेट में।''

विशाखा ने उसे अचरज से देखा।

रवि ने कहा- ''जब हम अंदर सिमटते हैं, तब चीज़ें बाहर जाती हैं। जब हम बाहर की ओर खुलते हैं, तब चीज़ें अंदर आती हैं। इस तरह कोई चीज़ बाक़ी नहीं रहती।''

विशाखा को उसकी ये बात बिल्कुल समझ न आई। उसने पूछा- ''यहाँ आते हुए अच्छा लगा?''

"रेलगाड़ी की सम्मोहक आवाज़, पसीना, तेज़ हवा, बारीक धूल की चादर, रेगिस्तान की इन सब चीज़ों ने मिलकर मुझे अपने रंग में रंग लिया।" रवि ख़ुश था- "सुबह मैंने रेल कोच को लहँगे ओढ़ने के लिबास से भरा पाया। मेरी आँखों में रंग भर आए। जींस और कुर्ती बड़ा सुंदर और पॉप्युलर मेल है। पूरे रास्ते ऐसे परिधान में ख़ूब औरतें दिखीं मुझको।"

"ऐसी आदत तो न थी, तुम्हारी।" विशाखा ने छेड़ा।

"अच्छा सुनो, कभी तुमने ट्राई किया है, लहँगा ओढ़ना?"

विशाखा ने हँसते हुए कहा- "नहीं।"

वे दोनों कहीं से महबूब न थे मगर जैसे बरसों की तन्हाई और प्रतीक्षा के बाद मिले महबूब जिस तरह उलझे रहते हैं कि बात कहाँ से शुरू करें, ऐसा दोनों का हाल था। उनकी बातें बसलीक़ा होती गईं। जिस तरह लगता जाता है कि वो बात नहीं रही जो सबसे ज़रूरी है। वे चुप बैठते हैं। एक-दूजे को देखते हैं। चुप्पी बनी रहती है। जैसे वे सम्मोहन में एक-दूजे को देखते हुए ठहर गए हैं।

दोपहर बाद का वक़्त उन्होंने क़स्बे के पास के जोहड़ और उसके क़रीब बनी छतरियों को देखते हुए बिताया। सूरज डूब रहा था। रवि ने कहा- "ये कितना मनोरम है। हालाँकि, डूब रहा है फिर भी। आओ, इसके साथ एक फोटो लेते हैं।" रवि ने ड्राइवर को आवाज़ दी और समझाने लगा कि ऐसे फोटो लेना है। ड्राइवर ने कहा- "साहब, ऐसे कैमरे मुझे मालूम है। मगर ये फोटो मैं नहीं लूँगा।"

"क्यों?" रवि ने पूछा।

विशाखा ने कहा- "हाँ, यहाँ के लोग डूबते सूरज के साथ फोटो नहीं खींचते हैं।"

केसरिया रंग छतरियों पर उतरा और चारों तरफ़ बिखर गया। रवि और विशाखा उसे देखते रहे। रवि को दूध पर तैरती हुई केसर का विज्ञापन याद आया। एक गोरी मांसल सुडौल देह याद आई। उसने विशाखा को देखा।

वे लोग विमला से मिले। उसके बेटे से बातें कीं। बाजरे की रोटी और सूखी

सांगरी को फिर से उबालकर बनाया हुआ साग खाया। इसके बाद ड्राइवर रवि को वापस क़स्बे छोड़ने चला गया। विमला ने कहा- "आपके दोस्त रुके नहीं?"

विशाखा हँस पड़ी- "वह यहीं है। सुबह फिर आएगा।"

विमला की मुस्कान बिखर गई- "आप अच्छे हो बाईजी।"

दोपहर बाद चार बजे की रवि की वापसी की गाड़ी थी। सुबह वह ड्राइवर के साथ आ गया था। गाँव के लोगों से मिला। उनके इंटरव्यू किए और फिर वापसी को निकल पड़ा। विशाखा उसके साथ कार में थी। आधे रास्ते में रवि को एक कुआँ दिखाई दिया। उसके पास एक बूढ़ा आदमी दो औरतें और बच्चे बैठे थे। रवि फिर उचक पड़ा। रोको रोको। वह कार से उतरा और उनके पास चला गया। दोपहर का सूरज सर पर था। रवि ने पूछा- "बाबा कितना गहरा पानी है?"

"पानी ठीक है, ज़्यादा मेहनत की बात नहीं है।"

"कितने लोगों को मिलकर खींचना पड़ता है?"

"एक आदमी खींच लेता है।"

रवि ने उनको समझाया कि सब मिलकर खींचो तो मैं आपका एक साथ फोटो ले लूँ। रवि ने चतुराई से सबको एक ही रस्सी पकड़वा दी। बुज़ुर्ग, औरतें और बच्चे एक रस्सी को पकड़े हुए पानी खींचने की जुगत में दिख रहे थे। रवि ने अलग-अलग ढंग से उनकी तस्वीरें ली।

रेलवे स्टेशन पर रवि ने धीमी आवाज़ में विशाखा को कहा- "चलो मेरे साथ।"

विशाखा ने कहा- "ऐसे ढोंगी फोटोग्राफर-पत्रकार के साथ मैं कभी न चलूँ।" मगर जाने क्यों ये बात कहते हुए उसके होंठों पर हँसी आकर ठहर गई।

रवि चला गया था। विशाखा ख़ूब सुख भरी नींद सोई। सुबह जब जागी तो विमला उदास दिखाई दी। विशाखा उदास विमला के पास जाकर खड़ी हुई। घर की बाउंड्री के पास बिल्ली के दो नन्हे बच्चे मरे पड़े थे। उनको आधा खा लिया

गया था। ये देखकर विशाखा का जी उदास हो गया। विमला ने बिलौटे को चार गालियाँ निकालीं। उसने घृणा से कहा– ''बिलौटे को सिर्फ़ बिल्ली चाहिए, इसके लिए वह बच्चों का भी दुश्मन हो जाता है। कमीना भूखा कहीं का!''

एक पूरा आदमी

वो एक तेईस साल का नौजवान था। उसकी ज़िंदगी में नमक की तरह शामिल शामें अक्सर दिन भर के उबाऊ चेहरों और सड़े-गले पुराने संवादों को चबाने में मदद किया करती थीं। उस दिन की धूप बहुत अकेली थी और पेड़ों के पार छीजते हुए उजाले में उसका मन डूबता जा रहा था। उसने बाहर खुले में खड़े हुए पाया कि यहाँ कोई ऐसी चीज़ नहीं है, जिसे देखकर प्रसन्नता हो। ऐसी शाम पहली बार न आई थी। उसके जीवन के अलग-अलग पड़ावों पर इस तरह की अनेक शामें थीं। ऐसा लगता था कि बिना काम के सबकुछ ठहर गया है। कहीं जाना नहीं है, किसी को आना नहीं है।

कैसा होता है न, इस तरह कहीं ठहर में फँस जाना! ये ठहरना होता तो प्रिय भी हो सकता था किंतु ये एक ख़ालीपन होता है। जहाँ कुछ नहीं, बस कुछ भी

नहीं। ये एक फीकी शाम थी। शामें जो अक्सर नमक का काम करती थीं, उनमें कोई डली इस तरह बेस्वाद भी होती ही थी। शाम की पाली को शुरू हुए कोई दो घंटे हो गए थे। वह अपने कमरे में जाकर जैसे ही कुर्सी पर बैठा कि गलियारे से पदचाप सुनाई देने लगी। एक दूर से क़रीब आती हुई भारी क़दमों की पदचाप। किसी के अनमने चलने का भारीपन।

उसने एक बार सामने दीवार पर लगी घड़ी की तऱफ देखा। जैसे वह जान रहा था कि उसकी तऱफ देख लेते ही वह शक्ल उसकी आँखों के सामने होगी। शक्ल जो गलियारे के सूनेपन में पदचाप भर रही है। उसकी आँखें मन और मस्तिष्क एक साथ नियोजित थे। उनका अनुमान सही निकला। किसी यांत्रिक क्रिया की तरह उसका आँखें घड़ी से ज़रा नीचे करना हुआ और सामने से एक मध्यम क़द का गठीले बदनवाला आदमी दिखाई दिया।

अभी ज़रा देर पहले वह नौजवान इस दुनिया को नामुराद घोषित करता हुआ जंगलों में भटकने का सोच रहा था। काश! उसे किसी घने जंगल के बीच किसी टेकरी पर कोई पुराना लकड़ी का बना घर मिल जाता कहीं। उसकी मरम्मत करके वह वहीं बस जाता। वह इंतज़ार करता कि दुनिया की कोई स्त्री भी इसी तरह उकता जाए। वह भी उसकी तरह ख़ाली फीकी शामों की ऊब से उसी जंगल की ओर चली आए। वह दूर से देखे कि टेकरी पर बना हुआ घर उन सब जंजालों से दूर और बेहतर होगा जिन्हें वह छोड़ आई है। उसने इस फीकी शाम के साए में खड़े हुए अपने मन में शब्दों से चित्र उकेरे थे। उन चित्रों से निकलने वाले अर्थ यहीं आकर सिमट जाते कि स्त्री चाहे जितनी भी ठुकराई हुई हो, समय के विनाशकारी थपेड़ों के बाद भी उसमें कुछ अपील बची रहती है। वह अगर सचमुच ऐसी जगह पर हो तो उस सूने भयावह जंगल में भेड़ियों से सामना होने की आशंका के मध्य ऐसी किसी स्त्री के ख़्याल भर से बहुत-सी शिकायतों पर लाइन घुमाई जा सकती है। वह इसी तरह हर शाम को क़िस्सों का संसार बुनता है और कोई सुहास जोशी की तरह सामने आ खड़ा होता है।

गलियारे में जिसके क़दमों की आवाज़ थी वह सुहास जोशी के ही क़दम थे। अब वह सोफे पर बैठ गया था। वह बिल्कुल एक निश्चिंत व्यक्ति की तरह

बैठा। तेईस साला नौजवान अमनदीप को नहीं मालूम कि वह बैठने के प्रकार को लेकर चिंतित होने या ख़ुश होने या किसी और भाव में होने को क्यों सोचता है। सुहास का एक पैर ज़मीन पर था और दूसरा पैर हवा में आधी पालथी की तरह अपने ही पाँव पर। सोफे चूँकि नक़्क़ाशीदार कारीगरी वाला था इसलिए उसमें पीठ सीधी ही रहती थी। वह किसी काउच की तरह न था। काउच अक्सर सबको अपने भीतर समेट लेते हैं। सुख का वह गुदगुदा घेरा सबसे अधिक थकान पैदा करता है। लकड़ी के सख़्त सोफे पर मुलायमीयत तो थी किंतु वहाँ अपने आपको पटक देने का या छोड़ जाने का अवसर न था।

अमन के सामने बैठा हुआ आदमी सीधा था। उसके जीवन में सब सरल रेखाएँ थीं। वह सबकुछ सरल बनाने के लिए हद तक जटिलता से पेश आता था। ये ख़ुद के साथ ही पेश आना था। उसके पास ख़ुद के जीवन के लिए नियमों और क़ानूनों को लागू करने के लिए तयशुदा विधि विधान थे। उसका बैठना भी इसी विधान की तरह था। वह अगर दोनों पाँव ज़मीन पर टिकाए, अपनी कोहनियों को घुटनों पर रखे। हथेलियों के सहारे अपने ठोड़ी टिकाए बैठता तो अमन सोच सकता था कि वह उसकी तरह कहीं से उखड़ा, उदास और चिंता के हाल में है। इसी सरलता के जटिल उपक्रम में उसके बारे में अनेक बातें थीं मगर कुछ ख़ास बातें अमन रोज़ देख पाता था। या वे बातें कहीं से अमन को अखरती थीं। बेक़ायदा नहीं बिल्कुल क़ायदे से अखरने वाली बातें। जैसे सुहास शराब नहीं पीता था। नमक का उपयोग, चाय को छानने के बाद बची हुई पत्ती में डालकर गुनगुने पानी से गरारे करने में किया करता था। उसके जीवन में स्वच्छता के संकेतक थे। तापमापी, भारतोलक, घनत्व गणक और ऐसे अनेक संकेतों की तरह उसे देखकर मालूम हो जाता कि वह किस क्रिया से निवृत्त होने जा रहा है या होकर आया है।

इसलिए शाम के ख़ालीपन में चले आए इस आदमी को देखकर अमन को कोई ख़ुशी नहीं हुई।

अमन से विलग हो चुकी चीज़ें सुहास में थीं। पिछले सात महीने के परिचय में, अमन ने पाया कि वह कपड़ों का प्रचार करने वाले विज्ञापन में दिखाई देने

वाले 'कम्प्लीट मैन' होने के क़रीब हैं। उसके इस व्यक्तित्व के सम्मुख अमन ख़ुद को लंबी टाँगोंवाले रेगिस्तानी मकड़े के सदृश्य महसूस करता। ऐसा मकड़ा जो बेर की जड़ों में एल्कोहल की और स्त्री-देह में अपनत्व की गंध खोजता फिर रहा है। अमन कई सालों तक हॉस्टल में रहा। इस कारण या अन्य किन्हीं कारणों से उसके जीवन में संस्कारों के प्रदर्शन और धर्म के प्रति लगाव न था। कुछ जो संस्कार जैसी बातें उसमें बची हुई थीं, वे पिताजी के समक्ष उपस्थित रहने के दौरान प्रदर्शित होकर थोड़ी ही देर में थक जाया करतीं।

अमन के सामने सोफे पर बैठे हुए व्यक्ति का हर काम सुनियोजित और शुद्ध था। उसकी भाषा में शास्त्रीयता के अंश पाए जाते थे। जैसे आपने कहा हो कि घर की याद आ रही है। इसके जवाब में वह ये कहता कि घर से दूर कार्य करते हुए काफ़ी समय हुआ अब घर लौटना चाहिए। यक़ीनन, अमन को भी घर की याद इसी तरह घर की ओर धकेलती थी मगर वह इसे इन शब्दों में कह और समझ नहीं सकता था। उसे अभ्यास न था कि जीवन को लय और गति में कैसे ले जाए। उसके सब काम जीवन के स्वत: दूषित होते जाने की तरह थे। सुहास का जीवन श्रेष्ठता की ओर बढ़ने जैसा था। उसका हर काम किसी वैदिक संस्कार की तरह पवित्र और निश्चित हुआ करता था। साथ ही वह गठीली काठीवाले शरीर की देखभाल और अपनी दक्षिण भारतीय स्टाइल की मूँछों को कुतरते रहने का काम किया करता था इसके अतिरिक्त कोई लिखत-पढ़त करते हुए उसे कभी नहीं देखा।

उस अच्छे आदमी का शाम के साथ आगमन किसी नौसिखिये के बनाए कॉकटेल-सा था फिर भी उसे सम्मानजनक दृष्टि से देखते हुए अमन रजिस्टर पर झुक गया। सुहास ने कहा- "और क्या हाल है?" उसने कहा- "बस शाम बीत रही है। थोड़ी देर बाद और आसान होने लगेगी।" इतना कहते हुए अमन मुस्कुरा भी रहा था। सुहास स्थिर बैठा रहा। अपनी टाँग पर रखी आधी पालथी जैसी टाँग के आख़िरी छोर पर पंजे में हल्की निश्चित आवृत्ति वाली चाल थी। वह पंजा अगर ज़मीन पर सीधा रखा होता तो उसे देखकर लगता कि कोई दर्जी सिलाई मशीन के पैडल को चला रहा है।

खिड़की से हल्का स्याह रंग भीतर आ रहा था। कमरे की ट्यूब लाइट अपने उजास के साथ मुखर होने को थी मगर उन दोनों के बीच ऐसा कुछ था नहीं कि कोई आत्मीय सजीवता लगे। उस हिलते हुए पंजे की चाल में ज़रा-सा परिवर्तन आया। सुहास ने बिना किसी भाव के चेहरे की बुनावट को स्थिर रखे हुए कहा– ''तुझे मालूम है, आज कल चोपड़ा बड़ा चक्कर चला रहा है। कई दिन तक तो मुझे लगा कि बच्चा है, टाइम पास कर रहा है। पर भाई, इस उम्र में इतनी होशियारी और ऐसा काम। मर जाएगा बेचारा। वो भी एक विधवा स्त्री, जिसके दो बच्चे भी हैं।''

वह जिस औरत के बारे में बात कर रहा था उसका नाम अर्शिता था। उसके बारे में अमन को उतना नहीं मालूम था जितना कि चोपड़ा के बारे में जानकारी थी। चोपड़ा विश्वविद्यालय में जब गणित पढ़ रहा था, अमन उसे तब से जानता था। वह ऐसा न था जैसा अमन को मालूम हुआ। उसने कहा– ''जाने दो सबकी अपनी ज़िंदगी है।''

जाने देने की बात से सुहास को निराशा हुई। रसभरी बात को छिटक देना अप्रत्याशित था। इसलिए सुहास चला गया। उसने अमन की शाम में एक कसैलापन भर दिया। चोपड़ा और अर्शिता के बीच या ऐसे किसी के बीच कुछ होने के भीतर झाँकना अमन को अप्रिय था। सुहास के जाने के बाद, शाम जो उदास और फीकी थी, वह बोझिल भी हो गई। उसने दफ़्तर से निकलकर पास ही स्थित कॉलोनी के ब्लॉक ए चार नंबर घर की डोरबेल बजाई। अंदर कोई हल्की-सी आहट हुई। जैसे क़ोई दरवाज़े के पास ही इंतज़ार में बैठा हो। दो-एक क़दम चलने और चप्पल खिसकाने की आवाज़ आई। अमन समझ रहा था कि राठौड़ अब लगभग तैयार हैं। वे मुस्कुराते हुए बाहर आएँगे। उसका समझना ठीक था। उनके हाथ में एक मैगज़ीन थी। दोहरी होकर सिमटी हुई।

रेत ठंडी थी। हवा की तासीर में ये ठंडक कम थी। वे दोनों एक साथ चलते थे। उन्हें कहाँ जाना होता था, इसके बारे में उन्होंने कभी उस वक़्त बात नहीं की जब जाने का वक़्त होता था। दिन के किसी समय इस पर बात कर लेते हैं। पहचान बढ़ने के साथ-साथ उनकी बातों से शब्द घटते गए। जैसे पहली बार कहा

होगा कि शाम को रेलवे स्टेशन के सामने अंडे वालों तक चलेंगे। अगली बार इस वाक्य से रेलवे स्टेशन हट गया। सिर्फ़, अंडे वालों तक चलेंगे, बचा रहा। फिर बचा रहा- चलेंगे। यही वाक्य घटते-घटते सिर्फ़ आँख के इशारे तक आकर बचा। राठौड़ सर अपनी भौंहें ऊँची करते, अमन के होंठ मुस्कुरा देते। फिर वे शाम को उसी एक रास्ते से उसी तरफ़ जा रहे होते।

वे दोनों चुप रहते थे। अमन इसलिए कि चुप्पी में अक्सर एक लड़की को सोचा करता था। सोच की दुनिया इस तरह सजीव होती कि वह सब अनुभूतियों को जी रहा होता। उसने मेरी अँगुलियों में अपनी अँगुलियाँ रखीं। ये सोचते ही अमन की हथेली पसीने से भर जाती। उसमें एक गंध आ बैठती। वह उस गंध को सूँघता था। वह गंध सचमुच आती थी। अमन अपना पसीना पोंछता। हाथों को खुली हवा में लहराने देता। ज़ेब में हाथ डाले चलने की आदत से बाहर आता।

चलते हुए अमन ने कहा- "बीसीएम?" ये एक प्रश्न न था। ये एक उत्तर था। जो अमन ने अपने प्रश्न को काटकर सीधा उनको दे दिया था। राठौड़ मुस्कुराए। उनका मुस्कुराना इस उत्तर पर सही का चिह्न लगाना था। मैगज़ीन अब भी मुड़ी हुई थी। कवर के पिछले पन्ने पर रोशनी गिरती तो वह मैगज़ीन ज़रा-सी चमक उठती। यह चमक ही नयापन थी बाक़ी धूल भरे ऊँचे-नीचे रास्ते पुराने थे। वे दोनों इस तरह साथ चल रहे होते तब राठौड़ को जाने कैसा फील होता था मगर अमन भारहीन हो जाता था। वह चुप्पा दोस्त एक समंदर होता था। अमन लहरों पर बहती जाती हल्की-सी सूखी पत्ती।

घुमावदार गलियों का सिलसिला एक चौड़ी सड़क पर जाकर सीधा हो जाता था। वहीं से रोशनी की शुरुआत होती थी। सौ डेढ़ सौ मीटर तक सड़क के किनारे खोखे रखे हुए थे। ये अस्थायी दुकानें थीं। इसके आगे रेलवे स्टेशन और सामने की दुकानों से आती रोशनी बढ़ती जाती थी। सड़क पर उस रात कोई न था। वैसे भी इतनी ही चुप्पी हमेशा पसरी रहती थी। जहाँ से मेन रोड पर आना होता था, उसी मोड़ के ठीक पास एक ऊँची दुकान थी। जेल बैरक की तरह लोहे के सींखचों से ढँकी हुई। अमन ने रास्ता बदला और राठौड़ ने अपनी चाल धीरे कर ली। उस दुकान से अमन दो जेबें भरकर आ गया। जेबों में रखे पव्वों से हल्का संगीत

आता था। जैसे रेगिस्तान में बहुत दूर से पखाल भरे कोई उन्नींदा ऊँट सवार आ रहा हो। वह आवाज़ उतनी ही भरी हुई लगती थी, जितना कि बेरोज़गार को काम पर होने से लगता हो।

अंडे वाले ने कहा- ''आओ साहब। अठे सीक आ जाओ।''

लकड़ी का पाटिया बीच से झूल चुका था। इस झूल के ठीक नीचे दो पत्थर रखकर सहारा दिया हुआ था। उसी के ठीक ऊपर अंडे वाले ने दो उबले अंडे रख दिए। वे दोनों जैसे किसी नाव के दो सिरों पर बैठे थे और नाव का बीच का हिस्सा अंडों के भार से दबा हुआ था। अँधेरा रूमानी था। भीगी हुई ज़मीन और पानी में उबल रहे अंडों, बारीक कटे हुए प्याज और हरी धनिया की गंध शाम को नमकीन बनाने के लिए काफ़ी थी। अमन शाम से उदास था मगर अब जैसे पारा ऊपर की ओर चढ़ रहा था। एक समताप की ओर बढ़ता हुआ।

पन्ने की सरसराहट हुई। ब्रिटिश चेस मैगज़ीन के चमकीले रंग अँधेरे में जुगनुओं की तरह थे। राठौड़ की अँगुलियाँ उस मैगज़ीन के ठीक पन्ने को खोज रही थी। दूसरे हाथ में पतला चाय वाला ग्लास था। नीचे से कम पैंदे और ऊपर से खुले मुँह वाला ग्लास। उस पर एक लकीर खिंची हुई थी। व्हिस्की उसी लकीर के आस पास हिल रही थी। अंगुलियाँ रुक गईं। वह पन्ना निकला आया। गेम ऑफ़ द मंथ। ऐसा ही होता था, जब बीसीएम का अंक हाथ में आता, राठौड़ व्हिस्की के लिए इंतज़ार कर सकते थे। उसके पास शाम के आने के इंतज़ार के सिवा कोई इंतज़ार न होता। वह व्हिस्की पीता रहा।

चेस का एक पन्ना अटका था। रात ने आवाज़ें सोखना शुरू कर दिया था। रेलवे स्टेशन पर सूनापन पसरा था। बरसों से वीरान पड़े मकान के प्रवेशद्वार की तरह रेलवे स्टेशन चुप था। अमन ने चाहा कि राठौड़ से कहे। उसने उनकी तरफ़ देखा। वे अभी उसी पन्ने को देख रहे थे। अमन ने सिसिलियन किलेबंदी की तरह व्हिस्की से सब मोहरे सजा लिए थे।

''मुझे लगता है कार्लसन एक दिन तैमूर का खाना ख़राब कर देगा।'' राठौड़ ने ये कहा तब तक वे तीन-तीन पेग ले चुके थे। दूसरे पव्वे में इतना भर बचा

था कि एक बार फिर से दोनों के चाय ग्लास भीग जाएँ। अमन ने जब उनका ग्लास हाथ में लिया तो वे बोले- ''प्यादे की जल्दी क़ुर्बानी सिर्फ़ इसलिए दी जानी चाहिए कि गेम में तेज़ी लाकर उसे फिर से ज़िंदा किया जा सके।'' अमन को कार्लसन और तैमूर के बारे में कुछ न मालूम था। उसकी चेस, मेरा मन था। ख़ुद अपने आप सजता और ख़ुद हारकर बिखर जाता था। मन के इस खेल के लिए किसी मैगज़ीन की ज़रूरत न थी। अमन को राठौड़ की तरह दूर दिल्ली के कनॉट प्लेस पर किसी किताब वाले को पटाकर नहीं रखना होता था जो हर महीने प्रिय पत्रिका को भेजे। अमन को मगर प्यादे के बारे में जानकर ख़ुशी हुई। वह बात शायद खेल का कोई नियम या अनुभव रही होगी मगर ज़िंदगी पर भी बराबर लागू हो रही थी।

उसे सुहास की कही बात भूल न रही थी।

दूसरी बार जब सुहास दफ़्तर के दरवाज़े पर मिला तब वह ये बात बताना चाह रहा था। वह अमन को एकबारगी अनुभवी इंसान दिखने लगा। मन में उपज रही जिज्ञासा को अमन रोक नहीं पाया था और उससे तुंरत खुलासा करने का आग्रह कर बैठा। सुहास ने एक महात्म की तरह अमन अज्ञानी पर कृपा दृष्टि डाली- ''भाऊ, मैं अपनी आँखें खुली रखता हूँ। सप्ताह भर पहले वे दोनों वेटिंग रूम में चिपके हुए-से बैठे थे। उनकी इस चिपकू बैठक की अवधि कई मर्यादाओं को पार कर गई तो मैंने अपने कान वहाँ लगा दिए। जिसमें दो दिन बाद मिलने का ज़िक्र ही सुन पाया। फिर चोपड़ा दो दिन बाद नियत समय पर ऑफिस से बाहर निकला तो मैंने उसे फॉलो करना शुरू किया। वैसे पट्ठे ने कुछ पका तो लिया है। पर सड़क पर पाँच मिनट साथ चलने के अलावा कुछ नहीं कर पाया।'' सुहास की आँखें चमकती हुईं-सी एक साथ इतने भाव प्रकट कर रही थीं कि सबको नोट कर पाना संभव नहीं था। सुहास जिसकी बात कर रहा था वह एक ड्रामा आर्टिस्ट थी, अर्शिता शर्मा। अमन का उससे औपचारिक परिचय था।

''तुझे पता है, अर्शिता का पति कलकत्ता में एक एक्सीडेंट में मर गया था? सुना है कि उस समय अर्शिता और बच्चों के अलावा एक दोस्त भी साथ में था। समझ रहे हो न! मतलब, ये खेली-खाई है।'' वह जिस तरह सुहास ये कहते हुए

अटल खड़ा था उसके विपरीत अमन को किसी बेचैनी ने डगमगा दिया था। सधी हुई भाषा में कुछ ऐसा शामिल हो गया था, जो झोल दे रहा था।

खेली खाई है।

अमन को लगा कि पी हुई सारी व्हिस्की बाहर आ गिरेगी। सचमुच कुछ शब्द और संबोधन कितने बुरे होते हैं। इसी कड़वाहट में अचानक उसे भी कुछ याद आया। राठौड़ उठ गए। वे दोनों लड़खड़ाने से थोड़े कम हाल में थे। हवा का एक-एक झोंका उनको डिगा रहा था। आधे रास्ते में अमन ने पूछा- ''राठौड़, ये खेली-खाई क्या होती है?''

उन्होंने उसकी तरफ़ देखे बिना कहा- ''मेरी फेवरिट ओपनिंग है, किंग के आगे वाले प्यादे को दो क़दम चलना।''

अमन को काश! थोड़ी-सी चेस की भाषा समझ आती। लेकिन एक सही दिशा में खटका हुआ। कोई आवाज़ आई कि जो बराबरी के दाँव खेले या जो आगे बढ़कर चले वह खेला खाया है। राठौड़ ने अमन की बाँह पकड़ी। उसे अच्छा लगा कि उनके अबोले की ख़ुशी में स्पर्श के कुछ टुकड़े ख़ूब वाचाल हैं। उन्होंने कहा- ''जब राजा एक कोने में बैठा हो दूसरी तरफ़ हाथी के आगे तीन प्यादे और उनकी अगुवाई करने वाला घोड़ा हो न, तब खेल का असल मज़ा है।'' वे कुछ संभले या लगातार कई-कई बार संभले। अमन को लगा कि वे अतीत में उतर रहे थे।

''सुनो, मैं अपने पिताजी से प्यार करता हूँ। वे मुझसे नहीं करते। वे चाहते हैं कि घर को दुनिया और उनको सुलतान समझा जाये। मैं उनका बेटा हूँ जो उनसे प्यार करता हूँ। मैं राठौड़ हूँ जो उनकी सल्तनत का नागरिक है। क्यों? क्योंकि राठौड़ को सामंतों से नफ़रत है। तुम्हारी भाभी...'' वे अपनी पत्नी के बारे में कुछ कहते हुए रुक गए मगर कुछ शब्द बदलकर आगे कहते गए- ''मेरी माँ भी उनको पसंद नहीं करती। इसलिए मैं माँ को बोलता हूँ, रानी-प्यादे का खेल अच्छा है मगर ये पुराना हो गया है। फिर भी माँ तुम बेहतर हो।'' राठौड़ शायद सेल्यूट के लिए हाथ उठाते हैं मगर हाथ किसी लरज़ के साथ नीचे गिर गया।

हाथ की ही तरह घर पहुँचते ही राठौड़ शिकस्त खाए वजीर की तरह गिर पड़े होंगे मगर घर आकर अमन पक्का गिर गया। उसके मन में चुभी हुई बात बरसों चुभी रहती। वह ख़ुद को देखता।

उसे लगा कि इन्हीं चुभी हुई बातों में रातभर भटकता रहा। हर किसी को छूकर उसका पता पूछता। पाँवों में भारी थकन उतर आती। जींस के बदरंग घुटनों पर समंदर के खारे पानी-सी सूखी लहरें। गहरे सलेटी रंग की क़मीज़ की फोल्ड की हुई बाँहों में बीते वक़्त की गंध। सीला मौसम आंधी की तरह अमन पर आता हुआ। बुझती हुई रोशनियों के बीच सर्दी की छुअन, याद की रेत में गुम एक चेहरा।

और अचानक

कोई आहट, कोई साया, कोई शक्ल, कोई कुछ नहीं।

पुल से गुज़री एक कार की हेडलाइट की रोशनी कमरे की दीवार पर उजाला बुनती हुई गुज़री। उस चौंध में कई साल बने और पल भर में मिट गए। यक़ीनन, अमन तुम फिर से पागल हो जाओगे। इसी ख़याल में छत से उठकर अंदर कमरे में में चला गया। कड़ाही पर रखे जाने वाले पारदर्शी ढक्कन की तरह छत के पार चाँद तारों की शक्ल को ओढ़ा और बेमज़ा आलू की तरह सो गया।

सुबह के चार बजकर बावन मिनट हुए। कोई रोता नहीं, कोई हँसता नहीं। काले लिबास को उतारकर शोक के आख़िरी पहर में कोई चला गया। वही जो खोज रहा था हर किसी को छूकर। खोई हुई चीज़ों के बरबाद ढेर में चुभी हुई बात के सिवा कुछ भी तीखा न था जो चुभ जाता अँगूठे के ठीक बीच। हाथ ख़ाली, पाँव बेजान, बिस्तर दोशीज़ा और सुबह ताज़ा।

नयी सुबह गुज़र गई।

दोपहर कुछ ऐसे गुज़री कि जैसे वह सुहास के इंतज़ार में ही बैठा था। वही जिसकी बातें विकल करती हैं। जिसका आचरण अमन को उससे दूर ले जाता है। दोपहर बाद वह आया। उसके पास अनेक योजनाएँ थीं। अमन उसे जितना सुनता जा रहा था उतना ही उसका मन उसके बाहरी आवरण को भेद रहा था। सुहास की

बातों में छलकती हुई कामलिप्सा थी। जिसपर शालीनता और मित्र को बचाने का वर्क था। उसने आगे का प्लान सुनाया- "आज शाम को सात बजे उसका फ़ोन आएगा तो तुम अटेंड कर के चोपड़ा को बुलाने के स्थान पर मेरी बात करवा देना फिर मैं देखता हूँ कि क्या होता है।" उनके ऑफिस में एक फ़ोन था, सबका इकलौता सहारा। बाहर जो ड्यूटी पर होता वही अन्य कार्मिकों से बात करवाया करता था। उस शाम आठ बजे तक अमन की ड्यूटी थी। उसने सुहास की बात मान ली। कम उम्र में ऐसा करने के लिए सहर्ष तैयार हो जाना एक आम बात ही थी। फ़ोन आया, एक मिनट की औपचारिक बातचीत के बाद अर्शिता ने पूछा- "चोपड़ा है क्या?" अमन ने चोपड़ा के नाम की आवाज़ लगाई और सुहास को फ़ोन पकड़ा दिया।

क्या अर्शिता दोनों की आवाज़ न पहचानती होगी। इसका तो सवाल ही न था कि आवाज़ न पहचाने। अमन को लगा कि वह ज़रूर किसी भी तरीक़े से उससे बात करने का बहाना खोज रहा था। कम्पलीट गैन के आवरण से एक और पर्दा गिरा और सामने पैबंद दिखाई दिया। पैबंद था कि जो व्यक्ति आदर्शों का जितना दिखावा कर रहा था वह अनुचित तरीक़े से किन्हीं दो लोगों के जीवन में दख़ल दे रहा था।

कार्यालय से आने के बाद कमरे में घुसते ही मन को एक लड़की की याद आई जो हमेशा मुस्काती रहती थी। जब मन को खेली-खाई चुभ गया था तब इसी की सब बातें याद आई थी। जबकि इस जानलेवा मुहब्बत की तस्वीर से वह राहत पाता था। इसके सवाल कैसे थे न, तेज़ नश्तर जैसे। सोच-समझकर बुने हुए। पैने और सहजता से भेदने वाले। क्या जो लोग सीधे सवाल करते हैं वे खेले-खाए होते हैं? उनका ऐसा करना क्यों बुरा लगता है, जब हर कोई अपने लिए कुछ-न-कुछ किसी-न-किसी रिश्ते से चाहता ही है?

दिन बीत चुका था। अमन ने कमरे की तलाशी शुरू की। उसके पास ज़्यादा सामान नहीं था फिर भी कुछ चीज़ें कहीं किसी चीज़ के पीछे छिप ही जाती थीं। उसका हाथ टकराया। खोज पूरी हुई। अँधेरे में रखी शा वालेस ने उसे आश्वस्त किया कि ख़ुशियाँ हमेशा उपेक्षित जगहों पर ही मिला करती हैं। रात शुरू हुई ही

थी। यही सबसे सुंदर समय था। खुले आसमान तले कमरे की दीवार का सहारा लिए फ़र्श पर बैठे हुए घंटे भर तक नाईजीरिया के जिल्दसाज गेब्रियल ओकारा की कविताओं के अनुवाद पढ़ता रहा। उसने अपना ड्रिंक पूरा कर लिया, घड़ी में देखा तो समझ नहीं आया कि चढ़ गई है या समय ज़्यादा हो गया है। रात ग्यारह बजे के बाद भी सामने के फ्लैट पर ताला लगा हुआ दिखा। सुहास अपने कमरे में नहीं था।

दिन गिरते रहे, दूरियाँ बढ़ती रहीं। उन तीन लोगों के बीच क्या कुछ घटित हुआ अमन को मालूम न था। वे दो लोग बारी बारी से दफ़्तर में दिखते थे। अर्शिता के बारे में कोई ख़बर न थी। ऐसा होना कोई नयी बात न रही। इसलिए कि अमन ने उसे तब तक सिर्फ़ दो बार ही देखा था।

सुहास बहुत समय तक ग़ायब रहा करता। कहाँ जाता इस बारे में अमन ने कभी पूछा नहीं, उसने बताया नहीं। चोपड़ा भी जब कभी शिफ्ट के दौरान टकराता तो दुआ-सलाम भर। असल में चोपड़ा से अमन का रिश्ता कुछ ऐसा था कि अमन जब कभी बेहद अकेला हो जाता तो उसके कमरे पर चला जाता था। वहाँ पर वे एक साथ लंच बनाते और डे ऑफ़ पर एक-दूजे के साथ से रिफ्रेश हो जाते थे।

कुछ ही दिन बीते होंगे कि अमन ने देखा, सुबह-सुबह उसके दरवाज़े पर सुहास खड़ा हुआ है। एक गत्ते का बंद डिब्बा लिए हुए। उस छोटे से डिब्बे को आगे बढ़ाते हुए उसने कहा- "ये काम में ले लेना।" अमन ने कि पूछा क्या है ? सुहास बोला- "प्याज और लहसुन।" अमन ने कहा- "तुम कहीं जा रहे हो ?" उसने कहा- "नहीं, पत्नी और बच्चा कुछ दिन रहने के लिए आ रहे हैं।"

अमन को लगा कि कहे, साला गिरगिट।

उसने इसलिए नहीं कहा कि जो लोग हमारे साथ रहते हैं उनको जो पसंद नहीं है, वह क्यों घर में रखा जाए। उनका सम्मान करना बुरी बात नहीं। सुहास को प्रिय है प्याज लहसुन खाना मगर घर में कोई नहीं खाता तो ठीक है, वह किसी को कष्ट दिए बिना खा सकता है।

ये गिरगिट सिर्फ़ प्याज-लहसुन भर के कारण दिमाग़ में न आया होगा। इसके

कुछ और भी कारण रहे होंगे।

वह कारण अमन को अगली सुबह समझ आ गया। सुहास फिर से आया।

उसने कहा– "आज दिन को ऑफिस जाना है न?"

अमन ने कहा– "हाँ।"

"मुझे अपने कमरे की चाबी देकर जाना।" सुहास ने जवाब का इंतज़ार किए बिना आगे कहा– "अर्शिता से मिलना है। वह बारह बजे आएगी।"

वे उस कमरे में ऐसा क्या कर सकते थे जिससे अमन को नुक़सान होता। पच्चीस साल से कम उम्र की अक्ल इतनी ही होती है। अमन की भी इतनी ही निकली। कहीं एक ख़ुशी थी। या कुछ ऐसा जिसे लोग पुरुष–टाइप होना कहते हैं। कहीं ऐसा भी रहा होगा कि वह ऐसा करके सुहास को उपकृत कर रहा है। ये दाता होने का फील कई बार कवच कुंडल की तरह बहुत कुछ ले जाता है।

अमन चाबी दे गया था। लौटकर आया तो सब कुछ सलामती के साथ था। कमरा जितना ठीक हो सकता था उतना था। चीज़ें वैसे ही पड़ीं हुईं थी, जैसे हुआ करती थीं। कोई छेड़ न थी।

अमन के साथ फिर एक नयी शाम थी। औसत कैमरा से खींची गई एक तस्वीर, लहसुन, प्याज, नमक और व्हिस्की। अमन ने दफ़्तर में राठौड़ से कहा था कि शाम को वक़्त मिले तो कमरे पर आना। राठौड़ को उसी रास्ते जाना प्रिय था। जैसे कुछ एक खानों में चाल चलने की आदत। अंडे वालों के पास बैठने को भरा पूरा ख़ाली आदमी चाहिए होता था। जो संगीत और किताब का शराब के साथ कॉकटेल न बनाए। ज़्यादातर ये हाल था वहाँ आने वाले सब लोग किसी हड़बड़ी में होते थे। उनके पास शायद पीने के ठिकाने नहीं होते होंगे। उनके पास थे फिर भी अमन को राठौड़ के साथ होने की ख़ुशी में और राठौड़ जाने किस ख़ुशी में उन लकड़ी के पाटियों पर बैठना पसंद करते थे। अमन को कई बार एक ख़्याल आता था कि वे वहाँ भी अपने पिताजी का विरोध करने के लिए बैठते होंगे।

राठौड़ नहीं आए।

उनके इंतज़ार में अमन ने देखा कि रसोई में रखी हुई कुछ एक चीजों से कुछ नहीं बन सकता था। वे चीज़ें वह क्यों लाया था मालूम नहीं। ये मालूम न होना कुछ ऐसा था जैसे कि लोग शादी क्यों करते हैं? इसी तरह बिना जाने अमन कुछ चीज़ें रसोई के लिए उठा लाया था। मगर उनका होना सुना था, बरतना नहीं सीखा था। उसने रसोई के स्टेंड पर ही अपना ग्लास रखा और प्लास्टिक के गोल डिब्बे में देखा कि वहाँ क्या रखा है। नूडल्स थे। उनकी गंध बासी थी।

ज़रा आँच लगते ही रसोई से रसोई की ख़ुशबू आने लगी।

वह बिस्तर पर पड़ा रहा। तन्हाई में भारीपन था। शराब और अधिक उदास ही कर रही थी। मन कहता था जाओ कहो, जिससे जो कहना है। प्रेम करो, नफ़रत करो, दुश्मनी करो, दोस्ती निभाओ। हाँ, अभी करो। और ये भी कि क्या होगा कुछ करने-कहने से। वह इस तरह उदास था जैसे किसी ने पानी को भारी चद्दरों में काट लिया है। पानी की वे सतहें उसके ऊपर उतर रही हैं। सघनता। सोच कि शायद साँस लेने में कुछ ही देर बाद मुश्किल होने लगे। अपने हाथ को ऊपर उठाता हुआ पानी की चादर से बाहर निकलना चाहा। कुछ नहीं, बस एक सीलापन है। हथेली में कोई हल्का ठंडा स्पर्श है। ख़ालीपन की छुअन।

आँख में कोई ख़राबी हुई कि एक गीलापन मुसलसल बह रहा है। चुप, गालों से होता हुआ गले तक और आगे एक नीले टीशर्ट में खो जाता है। अमन गड़रिये को आवाज़ देता है, हाँक ले जाओ इस उदासी की भेड़ को। इसलिए अपनी आँखें पोंछता हुआ एक बार ख़ूब लंबे तक होंठों को खींचता है। फूल खिलते और मुरझा जाते हैं। हर बैंगनी रंग था आहिस्ता से बुझता हुआ, स्याह होने तक के लिए। राख की शक्ल में बिखर जाने को। सफ़ेद रंग के लिहाफ़ बेढब बिखरे पड़े हुए और कुछ नहीं। कुछ भी नहीं।

सुबह किराने की दुकान से दूध और सिगरेट लेने गया तो वहाँ मिसेज सुहास मिल गईं।

''भैया, हमारे साथ चाय लेना।''

''हाँ ज़रूर, मगर फिर किसी और सुबह आता हूँ। आपको आए दो दिन भी

नहीं हुए।''

''अरे, यहाँ कौन-सा काम है, फ़ुरसत-ही-फ़ुरसत है!''

''आप लोग आए ही हैं, ज़रा वक़्त साथ बिताओ। मैं फिर कभी।''

वे नहीं मानी। बोली- ''मैं घर जाते ही चाय रख रही हूँ आपको आना ही है। न आए तो मैं चाय लेकर ख़ुद आपके वहाँ तक आती हूँ पहुँचाने।''

अमन दस-पंद्रह मिनट बाद वहाँ पहुँच गया। सुहास बोला- ''आओ, आज कैसे रास्ता भूले सुबह-सुबह।'' उसकी पत्नी ने कहा- ''भैया मिले थे दुकान पर तो मैंने कहा, आओ सुबह की चाय हमारे साथ लो।''

सुहास ने कहा- ''अरे ये चाय थोड़े ही पीता है। इसका ड्रिंक अलग है।'' ऐसा कहते हुए वह ख़ूब बड़े होने के भाव से भरा हुआ और किसी मालिक की तरह था। उसने अमन की तरफ़ मोढ़ा किया किंतु वह वहीं घर के अंदर जाने को बनी सीढ़ियों पर बैठ गया। यहाँ दूर-दूर बने हुए घर थे। शहर बढ़ रहा था। ये नया इलाक़ा था। आबादी कम और आबादी के बसने की उम्मीद ज़्यादा थी। दूर कहीं-कहीं एक कमरे के बने हुए घर थे। जैसे प्लाट पर कब्ज़ा दिखता रहे। ऐसे ही इस एक कमरे के घर के आगे पसरी हुई मिट्टी ठंडी थी। सूरज काफ़ी लाल था मगर बिना आग वाला लाल।

वे चाय पी रहे थे। तीनों एक साथ बैठे हुए। उनका दो साल का बच्चा खेल रहा था। शहर, गाँव, घर, याद जैसी बातें करते हुए अचानक सुहास की पत्नी ने पूछा- ''भैया कल आपके कौन मेहमान आए थे?'' अमन चौंक गया। उसके यहाँ कोई मेहमान कब आते हैं! वह इस बात को भूल गया कि कल अर्शिता आई ही होगी। रात को अमन ने उसके बारे में सोचा भी था।

सुहास के चेहरे पर कुछ आने को ही था कि उस कुशल स्त्री ने बचाव के सारे रास्ते बंद कर दिए। उसने कहा- ''ये बड़ी अजीब बात है कि आपकी दोस्त आपसे मिलने आए और आप कमरे पर ही न हों।''

अमन ने सुहास की ओर देखे बिना कहा- ''मैं था।''

सुहास की पत्नी ने उसे चौतरफ़ा घेर लिया- "आप झूठ बोल रहे हैं।" वे ज़रा देर रुकी और फिर कहने लगी कि मैं आई वहाँ तो इन्होंने कहा, आप कुछ लेने गए हैं अभी आते ही हैं। लेकिन आप दफ़्तर जा चुके थे न?"

अमन ने कहा- "भाभी असल में..."

वे उसकी बात सुने बिना कमरे के अंदर की ओर चली गईं। सुहास ने कुछ देर इधर-उधर देखा। उसके स्थिर आत्मविश्वास और नियम से किए जाने वाले प्रदर्शन की भंगिमा में कोई दरार आई। वह उठा और अंदर की तरफ़ चला गया।

वे एक-दूसरे को गालियों दे रहे थे या समझा रहे थे, कहना मुश्किल था। दो-चार मिनट के दौरान ही अमन को जब लगता कि अब मामला संपन्न हुआ ठीक उसी समय नए स्वर उभरते हुए बाहर तक आते। उसने सोचा कि मैं यहाँ किसलिए बैठा हूँ। वहाँ अंदर झाँककर देखने को कुछ न था। ख़्याल आया कि इस वक़्त मिसेज सुहास ने अपने बाल बिखेर रखे हैं। वे किसी दीवार का सहारा लिए बैठी हैं। सुहास ने जनेऊ को कान पर लगाया हुआ है और मेहदी हसन को सुन रहा है, "गुलों में रंग भरे बाद ए नौबहार चले, चले भी आओ कि...."

उस सुबह के अगले दिन सुहास ने छुट्टी ले ली और वह दो बालाजी महाराज के दरबार दर्शन को चला गया। ये शायद इसलिए था कि समझा सके, अपनी पत्नी और बच्चे से मुझे प्यार है। वे लोग कुछ और मंदिरों के भी दर्शन करके आए। जाने किस-किस खेजड़ी पर उन्होंने क्षमा की अर्ज़ियाँ टाँगी होंगी। कैसे फिर से साथ निभाने के वादे दोहराए होंगे। जो भी हुआ था वह ख़ूब अच्छा था।

अगले कुछ दिन, जब तक मिसेज सुहास यहाँ रहीं। वे तीनों ख़ुश-खुश थे।

उनके दफ़्तर की ज़िंदगी में कुछ भारी-भारी बोझिल लम्हे आए थे। चले गए।

वे तीनों यानी अमन, सुहास और चोपड़ा एक साथ काम करने लगे। अमन को स्किट लिखने नहीं आते। उसकी लिखावट में उदासी और इंतज़ार जैसी चीज़ें थीं लेकिन फिर भी उन्होंने काम शुरू किया।

उनके साथ-साथ प्रिया, चेतना और किरण थीं। वे लोग टीवी के लिए नाट्य रूपांतरण करते थे। सच्ची कहानियों का ड्रामा। इस बार उनके पास एक स्किट की सीरीज थी। वे सब रिहर्सल करते हुए अपने संवादों की ख़ूब पैरोडी बनाया करते। ये शायद थकान से बचने के लिए किया जाता होगा मगर अक्सर अमन को लगता कि स्किट की भाषा में जो चटक होती है ,जो करारापन होता है, वह उसकी स्क्रिप्ट में कभी न आएगा। वह अपने जीवन के पौधे को इंतज़ार की खाद और शराब के तरल से बड़ा कर रहा था। वहाँ कुछ एक आधी-अधूरी चीज़ें आ सकती थीं जो सिर्फ़ प्रतीक्षा को नए रंग दे सकें।

एक रोज़ तीसरी रिहर्सल के बाद पहले स्किट की रिकॉर्डिंग में आख़िरी से पहले वाले संवाद को बोलते हुए चेतना हँस पड़ी। सबने उसकी तरफ़ देखा। उसकी हँसी के साथ सब लोग हँसने लगे। थोड़ी देर बाद हँसी का कोरस मद्धम हो गया लेकिन वह अकेली हँसती ही गई।

रिहर्सल रूम के शीशे से दिख रहा था कि बेजान पुतलों के पास एक हँसती हुई लड़की खड़ी थी। बेहिसाब हँसी में आवाज़ सोखने वाले सारे छेद उखड़कर हरे कारपेट पर गिरने लगे। इस झड़ने में माइक्रोफ़ोन धुंध के बीच खड़े लाल लैंपपोस्ट जैसे दिख रहे थे। दरअस्ल, चेतना का चेहरा भी किसी पुतले की तरह स्थिर था और हँसी कहाँ से आ रही थी कहना मुश्किल था।

इस बेढब घटना का समापन कैसे हुआ किसी को याद नहीं रहा। जब तक कुछ समझ आया चेतना बाहर वाटर कूलर के पास खड़ी थी। उसने अपना सर झुका रखा था। उसके पास ही सुहास खड़ा था। सुहास ने अनुभवी चरवाहे की तरह सबको अंदर हाँक दिया। "वह बिलकुल ठीक है, अभी आएगी। तब तक हम दूसरा वाला स्किट शुरू करते हैं।"

किसी का मन न था कि रिहर्सल शुरू की जाए। सबके चेहरे बुझ गए थे। कोई समझ नहीं पा रहा था कि हुआ क्या। चोपड़ा ने स्टूडियो में खड़े हर एक को कहा- "सुनो सुनो सुनो... मैं एक घंटे का ब्रेक लूँगा। आप लोग क्या कहते हैं?"

सब लोग बाहर चले आए।

चाय पीते हुए सब लोग जहाँ जगह मिली वहीं बैठे हुए थे। चेतना सोफे के कोने में बैठी थी। वहीं उसके ठीक सामने सुहास कुर्सी पर बैठा था। चाय पीते हुए चेतना ने सर उठाकर देखा। दोपहर की हल्की रोशनी कमरे में सबके चेहरों पर गिर रही थी। सुहास ने चाय के बीच की चुप्पी में कहा- ''कई बार हम ड्रेन होने लगते हैं।'' हर कोई चाहता ही था कि बात हो। सिर्फ़ बात जो इस हँसी को समझने में भले ही कारगर न हो पर कोई-न-कोई कुछ कहे। सुहास ने फिर बात शुरू की- ''हम कई बार मुग़ालते में होते हैं कि ठीक हैं और बेहतर कर रहे हैं। लेकिन अक्सर हाल वैसा होता नहीं। हम सिर्फ़ अपनी इच्छा शक्ति से ख़ुद को हाँक लेते है।''

''हमारा हाल ऐसा क्यों होता है?'' चेतना ने कहा।

ये प्रश्न सुहास से था। सुहास ने अपनी भाषा में कुछ कोमल शब्द चुने और कुछ करुण भाव लाते हुए कहा- ''हम सब संवेदनशील हैं। छोटी-छोटी चीज़ें अक्सर मन से लग जाती हैं।''

''चीज़ें कितनी छोटी होती हैं?''

''ये तो अपने देखने के ढंग पर निर्भर करता है कि छोटी है या बड़ी या कितनी छोटी।''

''फिर ऐसी छोटी चीज़ें क्या हैं, जिनपर ग़ौर न किया जाए?''

सुहास चुप हो गया। चोपड़ा ने जानबूझकर इस सीधे संवाद में हस्तक्षेप न किया। बाक़ी सब इस तरह देखते रहे कि दो लोगों में मनभेद है और वे समझ रहे हैं।

दो महीने पहले वे लोग बहुत दिनों से एक ड्रामा का रिहर्सल कर रहे थे। पच्चीस मिनट के उस ड्रामा के कुछ वॉइस इफेक्ट अमन ने तैयार किए थे बाक़ी कभी रिहर्सल और रिकॉर्डिंग के दौरान अमन ने कभी उनका साथ नहीं दिया था। अर्शिता उस प्ले की नायिका थी। उसी प्ले में चेतना का एक छोटा रोल था। इस

बार अर्शिता ग़ायब थी। वह लगभग उस दिन से ही ग़ायब थी, जिस दिन वह और सुहास अमन के कमरे पर मिले थे।

अमन को लगा कि कोई वजह है चेतना के हँसने की। ऐसा कोई जानबूझकर नहीं कर सकता। अमन का ये सोचना उसको बेचैन करने को काफ़ी था।

ज़िंदगी चाहे क्लिष्ट हो या सहज पर होती रहस्य से भरी है। हम सबके लिए अप्रत्याशित होती है। एक शाम ड्यूटी के समय सुहास ढीली चाल से अमन के पास आया।

"कोई मुझसे मिलने आया है। मेरे साथ चलो।" सुहास का चेहरा सफ़ेद था। फड़कने वाली भुजाएँ पिघले हुए मोम-सी थीं। चाल एक अपराधी-सी, जिसका गुनाह इसी वक़्त सार्वजानिक किया जाने वाला हो। दफ़्तर के बाहर नीरवता थी। मौसम गर्म न था। मुख्य द्वार पर लगे गोल लैंप की रोशनी में एक स्कूटर और उसके पास खड़ा हुआ आदमी दिखाई दिया। उसे अकेला देख कर आशंकाएँ कम हुईं। सुहास ने उससे हाथ मिलाया और कुछ पर्सनल बात का ज़िक्र किया तो अमन परे हट गया। वे लोग पाँच-सात मिनट बतियाते रहे फिर अमन का भी औपचारिक परिचय हुआ। उस आगंतुक ने अमन के सामने ही सुहास से कहा- "आप घबराओ नहीं। वह एक बार आपसे मिलना चाहती है।"

वो दूत चला गया। सुहास तुरंत अपने कमरे की ओर निकला। अमन दफ़्तर के अंदर लौट आया। उसे किसी आशंका ने घेर लिया। जैसे कोई अनिष्ट होने को है।

वे लोग ग़ायब हो गए।

सुहास दफ़्तर में अपडेट रहता था। उसकी बातें बिल्कुल वैसी ही थीं जैसी उसने पहली मुलाक़ात के समय की थीं। वही आत्मविश्वास और अपने प्रोफेशन की ठसक। एक फ़र्क़ आया था कि अब वह ऑफिस में कम दिखता था। अर्शिता और चेतना ने आना छोड़ दिया था। बाक़ी लोग अपने रूटीन के काम करते थे। सब लोग लगभग भूल से गए कि कुछ ही दिन पहले सब कैसे एक-दूसरे से खींचे-खींचे रहते थे।

एक सर्द रात।

सप्ताहांत की आख़िरी ड्यूटी से शिफ्ट के समाप्त होने पर अमन कमरे पहुँचा तो उसको बहुत अफ़सोस हुआ। वह अपनी शराब को भूल गया था। इसे कोई नहीं समझ सकता कि उस वक़्त अमन का मस्तिष्क शून्य हुआ जा रहा था। उसे लगा कि इस धुंध भरी सर्द रात को किसी तरह न काटा जा सकेगा। अमन के पाँव चोपड़ा के कमरे की ओर बढ़ गए। धुंध में लिपटे पेड़ बुत बने खड़े थे। सन्नाटे में कमरे के दरवाज़े पर थाप सुनकर चोपड़ा रजाई ओढ़कर बाहर आया। अमन को इस तरह देख कर विस्मित-सा खड़ा रहा- "क्या हुआ। इस समय?" अमन के पास कम शब्द थे। बहुत ही कम- "थोड़ी-सी शराब..." उसने अमन के कंधे पर हाथ रखा और अंदर खींच लिया।

रम की आधी बची बोतल उसके सामने कर दी। वह उठता उससे पहले चोपड़ा ग्लास और नमकीन भी रख चुका था। कमरे को पहली में नज़र में देखने से आभास होता था कि वह कुछ पढ़ रहा था। उसके बिस्तर के आस-पास प्रतियोगी मासिक क्रॉनिकल के अंक बिखरे थे। उनके कवर पर चाय के मग रखे जाने के गोल निशान थे। फ़र्श पर झाड़ू उसके मकान मालिक ने ही लगवाकर दिया होगा। कोने में सिगरेट के टोटे पड़े हुए थे। उन्हें देखकर अमन को अमृता प्रीतम की कविताएँ याद आने लगीं। इस धुंध भरी रात में साया खिड़की से उतरेगा, रिसते हुए ज़ख़्म लिए... वह मुस्कुराया। उसे मुस्कुराते देख कर चोपड़ा भी मुस्कुराया- "दोस्त, ये तो दुनिया का उसूल है। ऐसा तो होना ही था।"

अमन के मुँह से निकला- "क्या होना था।"

चोपड़ा ने अमन के ग्लास में रम डालनी शुरू की। "घर पे बेकार बैठी हुई शादी का इंतज़ार कर रही लड़की को कभी झाँसा नहीं देना चाहिए। साले ने रिहर्सल-ही-रिहर्सल किया। फाँस लिया। बड़ी ज्ञान की बातें सिखाईं।"

अमन शराब मिल जाने की ख़ुशी के साथ एक और ख़ुशख़बरी की ओर बढ़ रहा था- "सचमुच, कुछ हुआ है क्या?"

चोपड़ा बेहद सुकून में था- "दोस्त, मैंने बहुत कमीने देखे पर ऐसा नहीं

देखा। रोज़ अगरबत्ती जलाता है। नहाए बिना खाना नहीं खाता है। विधि विधान से उपवास करता है। सामाजिक कुरीतियों का नाश करने वाला समाज सुधारक... हा हा हा आख़िरी अवतार।"

अमन ने सिगरेट जलाई– "क्या कुछ हुआ भी है या पुरानी किसी कहानी का मज़ा ले रहे हो?"

"अरे बॉस! चेतना ने मर जाने की कोशिश की। फिर घरवालों को वे चिट्ठियाँ भी मिलीं तो समझ आ गया कि ये कौन है।"

इसके आगे चोपड़ा ने जो कुछ बताया उसमें कहीं सुहास से नाराज़गी का पुट भी शामिल रहा होगा। किंतु अमन को बहुत कुछ सच दिखाई दे रहा था। अमन ने कहा– "चल बाहर घूमने चलते हैं।" "रात के एक बजे?" वह चौंक गया। अमन ने कहा– "यार, हम कोई कम्प्लीट मैन थोड़े ही हैं।"

सर्द दिनों का एक महीना बीत रहा था। शतरंज वाले राठौड़ के घर के आगे से निकलते हुए अमन ने चोपड़ा को कहा– "ये राठौड़ कहता है, सबसे बड़ा अफ़सोस होता है अपने ही प्यादे के कारण मूव का लॉक हो जाना।"

ज़िंदगी के हसीं लम्हों को एक अंग्रेज़ी मैगज़ीन में प्यादों की पोजीशन देखते हुए बखुशी बिता देने का राठौड़ का आइडिया अच्छा लग रहा था। वे दोनों सड़क पर चलते, धुंध से भीगे हुए, लम्हा-लम्हा छीज रहे थे। बाद अरसे के ये रात अच्छी थी। अमन उसके बिछोह के दु:ख से भरा था मगर अमन के पास अनावृत्त होने को कुछ न था। वह एक कम्प्लीट मैन न था।

रात के एक बजे उन दोनों को लगा किसी ने पुकारा। इस बियाबान में धुंध में जब हाथ को हाथ न पहचाने तो उनको कौन पुकार सकता था। राठौड़ एक कंबल ओढ़े हुए खड़े थे। वे दोनों ख़ुशी से भरे राठौड़ की तरफ़ बढ़ गए।

"तुम दोनों, रात के इस वक़्त?"

"हाँ, मज़ा आ रहा है।"

"आओ, एक पेग लेते जाना। आज मैं अकेला बोर हो गया। बच्चे पापा के

पास चले गए।"

वे तीनों राठौड़ के फ्लैट में दाख़िल हो गए। ठंड बहुत रूमानी थी। या उन दोनों के मन में सुहास के हाल को कह-सुन कर आई ताजगी थी। राठौड़ को कंपनी मिल गई थी। वे शायद चेस के बेजान मोहरों की तस्वीरें देखते और काले सफ़ेद खानों में उनकी पोजीशन सोचते हुए थक गए थे।

अमन ने पेग को होंठों से लगाते कहा- "राठौड़, आज मुझे सुहास जोशी साहब के बारे में नयी बात मालूम हुई।"

राठौड़ ने अचरज जाहिर किया- "तुमको अब मालूम हुई?"

अमन ने कहा- "हाँ, आज, चोपड़ा ने बताया।"

राठौड़ ने कहा- "अरे ये तो सब जानते हैं कि इस बार की गर्मियों में सुहास जिनको अपनी बीवी और बेटा बताकर अपने साथ रखे हुए था वह असल में उसकी बीवी-बेटा नहीं थे।"

अमन और चोपड़ा ने एक ही साँस में रम अंदर उड़ेली। उनकी आँखें अविश्वास से भरी हुई थी।

इस सर्द मौसम में रम से भरी झील जम गई थी। उन दोनों की नावें तिरछी होकर बर्फ़ में ठहर गई। वे दोनों लगभग दीवार के सहारे सो चुके थे। बीसीएम के चमकीले पन्ने पर रॉक की पोजीशन देखकर राठौड़ एक मुस्कान भरे चेहरे के साथ फ्रीज़ हो गए थे।